기적의 단전호흡

기적의 단전호흡

정기인

기파랑

머리말

내 나이 81세이고 대학교수로 정년퇴직한 지 15년이 되었다. 그런데도 주변사람들은 나를 60대 정도로 보니 이 어찌 기쁘지 않을 손가!

젊은 생각, 총명한 눈빛, 꼿꼿한 자세에 민첩한 행동, 얼굴엔 주름살도 없이 매끄럽고 탄력 있는 피부하며, 골프 드라이버는 200m나 날아가 젊은이를 압도하니 이 또한 기쁘지 아니한가!

더구나 하루에 2시간 책을 읽고, 읽은 내용은 몇 달이 지나도 기억나며, 매일 3시간 넘게 책을 써도 머리는 맑고 눈은 피곤하지 않다.

그러나 40년 전만 해도 나는 죽음의 문턱을 넘나들었다. 정신 상태는 지옥에 빠진 듯 불안과 공포에 허덕였고, 육체는 불구덩이에서 나온 듯 시커멓고 살점은 거의 없이 뼈에 가죽을 도배한 몰골이었다. 걸어 다니는 시체와 같았다고나 할까?

이러한 나를 죽음의 문턱에서 벗어나도록 한 것은 '면역력免疫力'이었다. 그 면역력을 단전호흡으로 어떻게 얻었는지를 설명하는 것이 이 책의 목적이다.

코로나19에 답이 나왔다.

한 걸음 더 나아가 이 면역력이 코로나19의 예방에도 답이라고 확신한다. 실제로 면역력만으로 코로나19를 기적 같이 치료한 사례를 소개한다.

최근(2020년 4월 22일) 신문에서 놀라운 기사를 읽었다. 생후 27일 된 갓난아기가 엄마(37세)와 코로나19에 감염돼 서울대학교 병원이 운영하는 서울보라매병원에 입원했는데, 항균제 투약 없이 오로지 모유만 먹고 19일 만에 완치됐다고 한다. 처음엔 아기의 열이 38.4도까지 오르며 구토가 잦고 몸에서 검출되는 바이러스 양이 엄마의 100배나 돼 의료진을 긴장케 했지만 항균제 투약 없이 자연 치유됐다고 했다.

나는 아기의 '면역력'이 자연치유의 핵심이고 '기氣의 힘'이라고 생각한다. 갓난아기는 온종일 아랫배만 볼록거리며 깊은 호흡을 하는데 단전호흡을 하는 것이다. 이때 생성된 강한 기가 면역력인 것이다.

의학적으로도 갓난아기들은 백일까지는 감기는 물론 장티푸스 등 어떤 전염병에도 걸리지 않는다고 한다. 면역력이 강하기 때문이다.

내가 겪은 면역력 이야기

이 책에서 나는 갓난아기의 놀라운 면역력 이상으로 내가 겪은 면역력을 소개하고 싶다.

내가 죽음의 문턱까지 이른 것은 베트남전쟁에 참전해서 얻은 '고엽제 후유증' 때문이었다. 나는 1966~1968년에 해병대 보병중위로 2년간 참전했었다. 나는 전쟁터에서 쏘인 고엽제가 얼마나 무서운 것인지 백과사전에서 찾아보았다.

『고엽제枯葉劑는 다이옥신을 사용해 만든 것으로 미군이 베트남전쟁에서 정글에 뿌려 모든 나뭇잎을 말려 떨어뜨리는 데 사용했다. 다이옥신은 독성이 '청산가리의 1만 배', 비소의 3천 배에 이른다. 이 독소는 분해되지 않고 체내에 축적돼, 수십 년 후에도 각종 암과 신경계 손상, 기형을 유발하고, 2세에게도 유전되는 무서운 것이다』(위키백과사전).

내 몸속에 청산가리보다 독성이 1만 배나 더 강한 다이옥신이 소량 들어간 것이다. 첩보영화에서 간첩들이 체포되면 입 안에 감춘 캡슐을 깨물고 거품을 뿜으며 즉사하는 것을 보는데, 그 치명적인 독약이 청산가리이다. 나는 이 무서운 다이옥신의 살인 면허에서 오직 단전호흡 수련에서 쌓은 면역력으로 살아난 것이다. 이 책은 나의 육필체험담이다. 여러분 가운데 정신적, 육체적으로 아픈 분을 위해 썼다. 특히 예방책과 치료

방법도 없는 코로나19에 대항요법이 되기를 희망한다. 돈도 들지 않으니 따라 해도 손해는 없을 것이라 믿는다. 그러나 화농과 수술을 요하는 병에는 적용되지 않음을 밝힌다.

감히 충고한다. 정치가를 꿈꾸는 사람은 단전호흡을 수련하지 말기 바란다. 고수가 되면 정직해지고 편법을 배척하게 된다. 이런 사람은 정치판에서 이용당하고 따돌림 받다가 퇴출당하게 된다.

이 책을 제대로 읽고 잘 실천하면 효과가 있다고 자신한다. 건강은 이론이 아니라 실천이다. 실천은 열심히 해야 하고 그러면 반드시 건강해져야 한다.

한 가지 양해를 부탁한다. 나는 의사가 아닌 경제학교수로, 여기서 서술한 내용들은 오로지 내 경험과 내가 읽었던 책에서 얻은 지식이며 과학적으로 검증된 것은 아니란 것을 말하고 싶다.

나는 노학자로서 내가 체험하고 터득한 건강법을 필생의 마지막 사회공헌으로 여기고 소개하기로 한 것이다. 모쪼록 나의 체험담이 여러분들에게 좋은 도움이 되었으면 좋겠다.

이 책을 출판하는데 힘써 주신 기파랑의 안병훈 사장님과 박은혜 편집실장 및 직원들께 감사드린다.

2021년 정월에

山谷 정기인鄭冀人

1부

기氣의 힘으로 고엽제 후유증 극복

1강

단전호흡으로
강한 기氣를 얻다

우선, 내가 어떻게 고엽제 후유증에 걸리게 됐는지부터 말하기로 한다.

한국은 미국 요청으로 1965년부터 10년간 총 31만 2천여 명을 참전시켰는데 1만 6천여 명의 사상자를 냈다. 고엽제 환자는 몇 배 많은 것으로 추정된다.

나는 젊은 혈기에 나라를 위해 충성을 한다는 게 멋져 보여 대학졸업 후 강하기로 유명한 해병대를 택해 자원입대했다. 해병대원으로 베트남전쟁에 참전해 2년간 전장을 누벼도 보았다. 그러나 그 나라가 망하는 것을 보았다.

많은 전쟁 지도자들은 치즈와 평화를 주겠다고 주장했지만 실제로는 훔쳤다. 그러나 수많은 선한 사람들은 사실을 모른 채 "누가 내 치즈를 옮겼을까?" 의심만 하다가 죽어가는 것을 보았고 결국엔 그 나라가 망하는 것을 본 것이다.

목숨까지 걸었지만 망한 나라를 보면서, 국가는 악한 자들에 의해 망하는 게 아니라 그들의 선동을 믿고 충성하는 선한 사람들과 이를 지켜보는 무심한 사람들의 침묵에 의한다는 것을 깨달았다.

전쟁터에서 기동 타격소대장, 정훈보좌관으로 약 2년간 복무하고 살아 돌아왔으나 '고엽제 후유증'에 걸렸다. 그 결과 비참한 모습이 된 것이다. 그간 보훈병원에서 고엽제 후유증으로 사망하는 분들은 3일에 2명이나 되었다고 한다.

사망보다 더 가슴 아픈 사연도 많다. 살아 돌아온 후 결혼했으나 고엽제 후유증으로 몸이 부서져 자녀들에게 공부도 못시켜서 걸인이나 도둑, 깡패, 창녀가 되기도 했다. 이들은 미국이 미군과 똑같은 참전수당을 지급했는데도 정부가 90%를 떼고 특히 전투수당은 한 푼도 주지 않은 채 경부고속도로, 포항제철, 수출 공단건설 등에 사용했다고 억울해한다.

정부가 세월호유가족, 제주 4·3유가족, 5·18민주화유공자들한테 준 금액의 몇 분의 일만 대우해달라고 강력히 호소하고 있다.

다행히 나는 부모님의 재정지원 덕택에 고엽제 후유증과의 싸움에서 살아나고 공부도 할 수 있었다. 수십 년간 고가의 처방약을 먹으며 단전호흡을 열심히 해서 생긴 '면역력' 덕분이었다.

단전호흡과 면역력

나는 아픈 몸을 고치기 위해 건강에 관한 책을 100여 권이나 읽었다. 현대의학, 한의학, 자연건강법, 대체건강법, 종교건강법 등을 섭렵했다. 그리고 실천해서 살아났다. 이 책에서 소개하는 것은 수십 년간 고엽제 후유증과 사투를 벌여 이겨낸 나의 경험담이다.

나는 면역력을 '기'와 동의어라고 확신한다. 나는 단전호흡을 하루에 1시간 수련하는데 호흡은 25분하고 호흡 전후에 약 20분씩 스트레칭을 한다. 이것이 나를 죽음의 문턱에서 살려낸 것이다. 그뿐만 아니라 소소한 잡병도 다 뽑아버려 젊어지기까지 한 것이다.

나의 기 건강법을 따라 하면 면역력과 정신력이 강해짐은 물론 폐와 기관지가 강해져서 코로나19는 물론 죽음의 병인 암과 치매조차도 예방하거나 이겨낼 것이라 감히 말하고 싶다.

코로나19를 이겨내다

여기서 나는 최근에 코로나19와 대결해서 이겨낸 경험을 말하고 싶다. 나는 코로나19 확진자와 1m 맞은편에서 식사했기 때문에 강제 자가격리에 들어

갔었으나 격리 마지막 날 재검사에서 음성 판정을 받았다. 단전호흡 덕분이라고 생각한다.

나는 2020년 11월 20일에 부부 몇 쌍을 포함한 남녀 18명과 창경궁에 가서 사도세자의 성장과정을 듣기로 하고 대학로의 한 식당에서 식사했는데 여자 한 분이 며칠 전부터 몸이 좋지 않다고 했다. 다음 날 서울 서초구청 보건소에서 검사를 받았는데 양성판정을 받았다.

참가자 모두는 검사에서 음성판정을 받았으나 확진자와 마스크를 벗은 채 약 두 시간 동안 식사해서 11일간 강제 자가격리를 해야 했다. 나는 팔순 최고령자에다 확진자와 바로 1m 건너편에 앉아서 2시간 동안 많은 얘기를 하고 애프터로 커피숍에서도 같은 테이블에서 약 한시간 동안 커피를 마셨기에 비말을 엄청 많이 마셨다고 생각된다. 다른 사람들은 나보다 나이가 어려서 내가 가장 위험하다고 걱정을 많이 했으나 마지막 재검사에서 당당히 음성 판정을 받았다. 단전호흡 덕분이라고 생각한다.

언론 보도를 보면 식당에서 멀리 떨어져 식사한 사람 가운데도 비말로 감염된 사례가 많이 있었기에 신통하다고 생각했다. 나는 단전호흡으로 폐와 기관지의 면역력이 강해진 덕분이라는 것 외에 설명할 말이 없다고 생각한다. 코로나19 바이러스가 기관지와 폐에서 힘을 잃었다고 추측된다.

코로나19 확진자 연령별 분포에서 40대 이하가 56%이고, 특히 20대가 전체의 29%라고 하는데, 이들은 허우대는 멀쩡하지만 폐와 기관지의 면역력에 문제가 있기 때문이 아닌가 생각된다. 이들도 단전호흡을 수련했다면 감염은 되지 않았을 것이라고 나 혼자 추측해 본다.

단전호흡은 노화도 개선할 수 있다고 믿는다. 노화와 장수분야 세계적 권위자인 하버드대학 싱클레어 교수는 노화도 질병이므로 예방하고 치료하면 개선할 수 있다고 말했다. 지금까지 노화를 숙명으로 받아들였던 고정관념을 깨트린 것이다. 팔순인 내가 젊게 사는 것은 단전호흡이 노화 병을 치료했다고 생각한다.

독자 가운데 몸이 아픈 사람이 있다면 단전호흡을 열심히 수련하고 내가 실천한 것에서 몇 가지만 따라 한다면 노화도 개선할 수 있고 온전한 건강도 찾을 수 있으리라 믿는다.

오랜 투병생활

귀국해서 결혼한 후인 1970년대 초반 나는 몸이 너무 아파서 병원엘 무수히 다녔지만 진단 자체가 되지 않았다. 당시 의학계에서는 고엽제가 어떤 질병들을 초래하는지 알지 못했다. 나는 전국의 유명한 병원과 한의원은 다 찾아다녔다. 이름난 한의원에서는 수백 번 침 맞고 뜸뜨고 비싼 한약을 무수히 먹었다.

기 치료사, 안마사, 지압술사, 카이로프랙틱 치료사를 찾아다니며 온몸과 뼈가 으스러지도록 치료도 받았다. 도사라는 사람의 추천으로 효험이 있다는 뱀과 지네, 굼벵이 등을 몬도가네(혐오식품을 먹는 야만인)가 울고 갈 정도로 엄청 먹었다. 돈이 없었다면 죽었을 것이다. 결혼할 때 부모님이 주신 집 한 채를 날렸으나 몸은 계속 아팠다.

"하늘은 스스로 돕는 자를 돕는다"고 했다. 지인의 소개로 우연히 '단전호흡'을 접하게 되었다. 해병대 훈련처럼 악착같이 수련한 결과 몇 달쯤 지나자 효과가 있었다. 몸에서 기가 생긴 때문이라고 했다.

기적의 단전호흡

약 1년 수련한 후 이제까지의 치료방법들을 모두 집어치웠다. 돈도 들지 않아 더욱 좋았다.

이처럼 놀라운 단전호흡에 관한 궁금증을 풀어주기 위해 수련 과정을 간략히 설명한다.

단전호흡 기초과정은 중기단법中氣丹法으로 숨을 5초 마시고 5초 내쉬는 1분에 6회 호흡을 100일간 수련한다. 처음 50일은 전편, 다음 50일은 후편을 수련한다. 후편을 마칠 무렵 아랫배에 따스함을 느꼈는데 이것을 기감氣感이라고 했다.

다음 단계인 건곤단법乾坤丹法은 숨을 5초 마시고 5초 멈추고 5초 내쉬고 5초 멈추는 20초 호흡으로 1분에 3회 한다. 100일을 마칠 무렵 아랫배에 묵직함을 느꼈다. 몸이 유연해지고 불면증이 해소되며 식사를 잘하게 되고 입에서 침이 많이 나왔다. 몸에 힘이 생기고 머리도 맑아지며 두통이 사라졌다. 단전이 자리 잡기 시작한 것이다.

가장 중요한 게 호흡법인데 상체의 힘을 완전히 뺀 후 시작한다. 숨을 마실 때는 배가 저절로 부풀어 오른다 생각하고 80% 정도로 행하고 내쉴 때는 아랫배 가죽이 등에 달라붙는다는 느낌이 들 정도로 서서히 길게 토한다. 그러면 위장과 비장 근육의 긴장이 해소되면서 소화력이 강해지고 입맛이 놀랄 정도로 좋아진다. 동시에 배가 홀쭉해지는 느낌이 들게 된다. 당연히 복부비만도 줄어들게 된다.

다음 단계인 원기단법元氣丹法은 약 30편에 이르는 단계가 있다. 이 단계부터 숨을 마시고 멈추는 시간을 늘린다. 멈추는 동안 아랫배에 생긴 기를 회음(성기와 항문 중간), 장강(꼬리뼈 바로 위), 명문(허리뼈), 관원(배꼽 아래 3치)으로 2.5초에 1회씩 돌린 후 토한다. 멈추고 회전하는 시간이 길어질수록 강한 기가 생기면서 정신과 육체에 놀라운 변화가 일어나며 숨어있는 병소들이 치료된다.

1분 1회 호흡의 위력

나는 1분에 1회 호흡한 후 1년이 지났을 때 기억력과 창의력이 기적처럼 솟아나고, 몸속에 숨어있던 병들이 견디지 못하고 사라지는 것을 느꼈다. 비록 암이라고 해도 마찬가지일 것이라고 추측된다. 바로 '단전호흡의 기적'이 나타난 것이다. 나는 매우 힘든 이 단계를 열심히 수련해서 고엽제 병을 이겨내고 청년처럼 된 것이다. 지금은 한 단계 위인 '세세축기호흡'을 평생 수련하는 중이다.

단전호흡을 시작한 지 몇 년 후에 '조식폐지 1일 2식' 단식법을 시작했고 7년 뒤에는 죽염竹鹽을 먹기 시작했다.

요즘엔 죽염을 더 열심히 먹고 있다.

코로나19는 중국 우한에서 시작된 후 전 세계를 팬데믹에 몰아넣고 그 기세는 더욱 강렬하다. 그런데도 아직 예방과 치료법은 나오지 못해 죽염을 열심히 먹고 있다. 소금(죽염)의 효능에서 삼투압 작용이 으뜸으로 꼽힌다. 이는 바이러스에 침투해 분해하는 작용을 할 것이라 추정한다. 마치 배추를 소금으로 절이면 삼투압 작용으로 물기가 빠져서 홀쭉하게 되는 것과 같이 말이다.

의학적으로도 병원에서 응급환자에게 사용하는 링거액은 0.9%의 소금물로 만든 것인데 이는 혈액의 염도를 0.9%로 유지하기 위해 사용하는 것이다. 이를 반대로 해석하면 혈액 속에 염도가 0.8% 이하로 떨어지면 응급환자는 회복되지 않는다는 해석을 할 수 있다. 여기서 나는 코로나19를 예방하고 치료하는데도 0.9%의 염도를 유지하면 좋을 것이라고 생각한다.

나이가 들면 혈중 염도가 저하된다고 한다. 하여튼 나는 지금 열심히 죽염을 먹고 있다. 죽염에 대해서는 뒤에서 자세히 설명하기로 한다.

고엽제 후유증으로 생긴 병들

나는 1966년에 베트남전쟁에 참전하고 2년 후인 1968년 2월에 무사히 귀국해서 약 8개월 후 결혼했다. 매형의 조카(누님 딸)였는데 나의 대학 1년 후배였다. 서울의 일류고등학교 교사였는데 내가 '개병대'라고 피했다.

해병대는 50여 년 전엔 개병대라 불리며 조폭처럼 취급돼 결혼 기피대상 1호였다. 다행히 대학선후배 중에 서로 아는 사람이 있어서 그들의 도움으로 개병대란 편견에서 벗어나 청혼에 성공했다. 결혼 후 자식 3명도 낳고 행복을 알기 시작했는데 갑자기 몸에 이상을 느꼈다. 고엽제 후유증이 나타난 것이다. 물론 당시에는 고엽제 후유증인 줄은 꿈에도 몰랐다.

해병대 간부후보생 3백 명 가운데 절반인 150명이 지옥훈련을 이겨내지 못하고 퇴교 당했지만 나는 건강해서 잘 이겨내고 임관했다. 이런 내가 아프니까 병원에서 치료받으면 나을 것이라고 간단히 생각했다. 그러나 몸은 점점 더 아프면서 몇 년 만에 죽음의 90% 경계선까지 도달했다. 그제야 나는 "어머니와 처자식을 두고 죽을 수는 없다"고 결심하고 온갖 방법을 찾기 시작했다.

수년 간 엄청난 돈만 없애고 병은 못 고치다가 단전호흡을 배우면서 놀랍게 나아지기 시작했다. 그 병중에서 치료한 큰 것만 적어보면 아래와 같다.

전쟁공포증

차라리 죽는 게 나은 병이다. 2차 대전 중 또는 종전 후에 수많은 병사가 전쟁공포증으로 자살한 기록이 있다. 정신의학적으로 인정도 받지 못하는 병이다.

이 병에서 가장 무서운 것은 호흡이 깊게 되지 않는 것이었다. 이는 정신을 혼란하게 하고 망상(환상)을 일으켜 전쟁 상황이 항상 몸에 붙어 다녔다. 아무리 떼어내려 해도 달라붙어서 공포(두려움)로 온몸을 고문했다. 특히 한밤중에 전쟁망상이 떠올라 몇 시간씩 식은땀을 흘리며 몸을 떨곤 했다.

전쟁공포는 자살충동, 우울증, 불면증, 불안, 초조, 망상, 공격성 등으로 변질돼 광적 고통을 주었다. 밥은 한 톨도 먹기가 어렵고 소화는 거의 되지 않았다. 이 모두가 횡격막이 굳어지면서 호흡이 어깨 위에서 얕게 되기 때문이었다. 단전호흡을 열심히 하면서 서서히 사라졌다.

체중감소와 무기력증

대학생 때는 신장 170cm, 체중 63kg이었으나 고엽제 후유증에 걸린 후 55~57kg이 되었다. 체중이 줄어드니 근력이 엄청 떨어지고 힘까지 없어서 센 바람이 불면 밀려났다. 살이 심하게 빠지니까 얼굴에 광대뼈가 튀어나오고 주름도 많이 생겨 나이보다 늙어 보였다.

의학적으로는 몸살로 며칠만 누워도 근력이 하루에 5%씩 감소된다고 한다. 근육을 구성하는 근섬유는 운동만 하면 회복된다. 그런데 힘이 없어서 운동을 못하니까 근력이 줄고 노화가 빨라져 면역력, 뇌세포, 머리카락, 치아 등도 급격히 나빠졌다.

의사는 열심히 걷기를 권했다. 그러나 걸으면 숨이 차서 몇백 보도 걷기 힘들어 거의 누워 지냈다. 제대 후 나이가 많다고 취직도 안돼 언제든지 누워 지낼 수 있는 것은 다행이었다. 하지만 아내에게 체면은 말이 아니었다. 누워 지내니 근육은 가늘어지고 근력은 더욱 떨어졌다.

근육이 약해지니까 전쟁터에서 다친 목, 허리, 무릎 등의 통증이 심해졌다. 여기에 부수해서 노화, 당뇨, 고혈압, 골다공증도 생겼다. 의사는 "뼈는 건물에서 철근과 같아 콘크리트로 덮어줘야 튼튼하듯이, 뼈도 근육으로 감싸줘야 디스크가 안 생긴다"고 말했다.

근육을 만들려면 운동을 해야 하는데 움직일 수가 없었다. 몸은 점점 말라갔다. "악화는 양화를 구축한다"는 그레샴의 법칙이 건강에서도 적용됐다.

온 몸이 아프니까 병원을 찾는 게 습관이 됐다. 병원 쇼핑환자가 된 것이다. 여러 가지 검사를 계속 받았으나 쉽게 보이는 육체적 증상들 외에 특별한 이상은 발견되지 않았다. 당시에 고엽제 후유증에 대한 질병 인지認知는 전무하여 나를 죽음문턱까지 끌고 간 전쟁공포증 등도 진단되지 않았다.

다행히 단전호흡은 제자리에서 큰 동작 없이 해서 그런대로 따라할 수 있었다. 심호흡을 하니 머리가 맑아지고 생각이 긍정적으로 바뀌었다. 그리고 조신법(스트레칭)을 열심히 따라 했더니 근력이 서서히 살아났다. 그동안 호흡에 쓰는 근육과 횡격막이 굳어 산소가 적게 흡수돼 조금만 움직여도 숨이 찼던 것이다.

자연히 목, 허리, 무릎의 통증도 감소되었다. 81세인 지금은 68kg이 됐는데 얼굴에 주름도 없고, 피부는 윤기가 흐르며, 빠졌던 머리카락과 눈썹은 거의 꽉 차고, 허리도 꼿꼿해서 옷을 입어도 폼이 나고 힘도 있다. 단전호흡에 감사할 뿐이다.

조루증

창피하지만 독자들 가운데 절망을 느끼는 사람들을 위해 솔직히 말하겠다. 육체적으로 고통스러운 병보다 몇 십 배 괴로웠다. 아픈 것은 나 혼자 참으면 되지만 조루증은 아내가 있는 사람으로서 혼자만의 문제가 아니었다. 밤이 무서웠다.

한창 젊은 남자에게 이런 무서운 형벌은 없었다. 죽고 싶은 심정이었다. 아이들을 건강하게 낳은 게 기적이었다. 그런데 하늘과 땅이 놀랄 일이 벌어진 것이다. 단전호흡을 시작한 지 2주 만에 조루증이 사라졌다. 진통제를 먹은 후 통증이 사라지듯이 어느새 사라진 것이다.

단전호흡을 몇 주 동안 행하면 숨이 아랫배 깊숙이 내려가는데 제일 먼저 영향을 받는 곳이 회음혈會陰穴이라고 한다. 회음혈은 성기와 항문 중간에 있으며 음과 양이 시작하고 끝나는 곳으로 성 기능을 관리한다. 선현들은 생사生死를 관리하는 가장 중요한 문이라고 했다. 백회(정수리)는 하늘을 열어주는 문이고 회음혈은 땅을 열어주는 문이라는 것이다.

회음혈에 따뜻한 기운이 들어오니 막혔던 혈이 열린 것이다. 이 따뜻한 기운이 기氣라는 것이었다. 이후 나에게는 갑자기 자신감이 생기고 위축됐던 일상이 활발하게 살아났다. 단전호흡에 감사할 뿐이다.

치질

치질만으로도 고통스러운데 변비까지 겹쳐서 대변 볼 때마다 피를 흘리며 느끼는 통증은 상상을 초월했다. 앉거나 걸을 때마다 생기는 통증과 항문에서 줄줄 흐르는 피의 느낌은 죽고 싶은 충동을 일으켰다.

3번이나 수술했지만 매번 6개월 이상을 견디지 못하고 재발했다. 낙심하고 수술을 포기했지만 도저히 못 견뎌 4번째 수술을 고민할 때 단전호흡을 배우게 되면서 치질증세가 없어지고 고통은 씻은 듯 잊게 되었다. 호흡과 치질이 이렇게 밀접하게 관계가 있는지 놀라울 뿐이다.

간경화

체중이 너무 줄어서 알아보니 간경화 때문이었다. 음식을 먹어도 소화가 안 돼 항상 기운이 없었다. 대학병원에서 여러 촬영을 한 결과 간이 섬유화(경화)돼 동맥이 간 속에서 밖으로 밀려나 위장 안에서 터질 듯이 부풀어 있었다. 만약 동맥이 터지면 생명을 잃을 수 있다고 진단 내렸다. 지금도 이런 상태지만 조심하고 지낸다.

의학적으로 간경화는 간암보다도 더 위험하다고 한다. 만약 단전호흡을 중단한다면 즉사할 수도 있다는 위기감을 가지고 살고 있다.

목, 허리디스크

고엽제는 척추 속의 척수脊髓를 마르게 해서 목과 허리에 디스크를 돌출시켜 통증이 심했다. 이 때문에 척추 신경이상으로 허리통증과 뒷다리 지각이 감퇴되어 서있기가 힘들고 몇 백 미터도 걷기가 어려웠다. 이는 무기력증을 일으켜 하루 종일 졸았다. 밤새 자고 나서도 졸았다. 심지어 걷는 중에도 졸음이 쏟아져 전봇대에 부딪히는 일도 있었다.

한의원에서는 경추와 흉추, 요추를 지나는 경혈經穴이 압박을 받아 대뇌의 명령을 소뇌가 신체운동으로 전달하지 못해서 일어나는 것이라고 했다. 이것이 심해지면 하반신을 못 쓰게 될 수 있다고 했다.

너무 놀라서 한약과 보약을 먹고, 전신에 침을 맞으며, 허리와 아랫배, 무릎, 발목에 뜸을 떴다. 몸에 힘이 나고 가벼워졌으나 효과는 단 며칠이었다. 침과 뜸이 고통스럽고 몸은 뜸자국으로 만신창이처럼 흉했지만 반복적으로 치료를 받을 수밖에 없었다.

그런데 단전호흡을 배우면서 이런 증상들은 하나씩 줄어 한방치료도 필요 없게 되었다.

그 기쁨과 희열! 결국 목 디스크는 수술했으나 허리는 단전호흡 수련으로 이상 없이 지내며 골프를 해도 견딜 만하다.

안질환

제대 후 취직이 안되어 만학을 시작했는데 눈이 너무 아파서 책을 볼 수가 없었다. 특히 파리똥 같은 검은 실타래가 눈 속에서 움직여 무엇을 보든지 정신이 혼란했다.

그럼에도 불구하고 전쟁터에서 겪은 고통과 두려움보다는 백배 쉽다 생각하고 악을 쓰며 공부했다. 안과에서는 심한 각막염과 망막황반변성, 난시가 있다고 했다. 단전호흡을 수련한 후 각막염과 파리똥이 사라졌다. 신기했다.

그 외의 36가지 병들

동맥경화, 고혈압, 심장고지혈, 위장병, 대장염, 탈모, 치조농루, 망막염, 난시, 만년피로, 피부병 등 36가지나 되는 증상들은 견딜 만했기에 생략한다. '조루증 치료'에 관해서는 뒤의 단전호흡 효과에서 자세히 설명하기로 한다.

치료 후 인기 TV 건강 특강강사로

내가 죽음의 문턱에서 건강을 회복해 청년처럼 된 사실이 알려지자 TV, 라디오, 신문, 잡지 등에서 찾아와 나를 소개했다.

TV건강 특강

① SBS TV : 2002년 7월에 70분씩 3회에 걸쳐 《정기인 교수의 기氣건강법》을 방영했다. 첫 회 방송에서 20분 정도 소요되는 '인스턴트 기공법氣功法'을 소개했었다.

특강 3회를 마쳤을 때 60대의 남성 시청자 한분이 전화를 걸고 울면서 "십여 년 동안 제3신경통을 알았는데 TV를 보고 3주 동안 인스턴트 기공법을 열심히 했더니 거의 나아 잘 먹게 되고 외출도 하게 됐다"고 감사인사를 했다.
제3신경통은 얼굴신경마비로, 말하거나 음식을 씹을 때, 갑자기 날카로운 송곳이나 칼로 찌르는 통증을 느끼고, 햇빛도 자극이 되어 외출도 못하는 병이다.

② KBS 2TV : 30분짜리 《생생 건강테크》란 특집으로 제작해 2004년 11월 1일 오전 11시부터 30분간 방영했다.

③ MBC 라디오 : 2004년《명사들의 나의 건강법》에서 소개했고, 매일 아침 7시 30분에《세상이야기》에서 '기氣 살리기'에 관해 15일간 전화인터뷰를 했다.

④ SBS 라디오 : 2004년 7월에 11시 30분~12시까지 손숙 씨의 대담 프로에 1개월간 출연해서 나의 저서『기죽은 모범생보다 기 산 꼴찌가 성공한다』에 관해 대담했다. 전국의 많은 어머니들이 자기 아이의 기살리기에 관한 질문도 답해줬다.

기타 몇 케이블 TV에서도 소개한 바 있고, 신문과 잡지 등에 건강과 관련한 연재칼럼을 집필하기도 했다. 여러 기업체에서 행한 건강특강은 생략한다.

어떻게 기의 힘으로 죽음에서 벗어났나?

고엽제는 나에게 악마의 선물인 전쟁공포증을 안겨줬다. 그것의 가장 강력한 무기는 '두려움'인데 온몸에 파고들어 정신을 파멸시켜버린다. 결론부터 말하면, 나는 횡격막을 유연하게 해서 전쟁공포증을 물리쳤다.

고엽제(소량 다이옥신)는 육체적으로 나의 신경계(교감신경, 부교감신경)를 망가뜨려 심장박동과 호흡, 위와 대장의 연동운동을 비정상적으로 만들었다. 이는 공포심을 심어서 전쟁환상을 일으켜 날뛰게 했다. 어디서 '쿵' 소리만 나면 포탄 소린 줄로 착각하고 포복자세를 취하든가 도망치곤 했다.

지옥문턱에서 살아나다

전쟁공포증의 첫째 횡포는 깊은 호흡을 할 수 없게 만드는 것이었다. 나는 호흡이 어깨와 목에서 깔딱거리는 '목 호흡(목숨)'을 했다. 개가 한 여름에 혓바닥을 내놓고 헉헉거리는 것과 비슷했다.

생물학적으로 호흡은 횡격막이 위아래로 움직이며 쉬는데 복식호흡(배 호흡), 흉식호흡(가슴 호흡), 목 호흡(어깨 호흡)이 있다. 목 호흡은 죽기 직전의 호흡이다. 횡격막이 경직돼 가슴근육(흉근)으로 숨을 쉴 수가 없어서 어깨근육으로 쉬는 호흡이다.

목 호흡을 우리 순수한 말로는 '목 숨'이라고 부른다. '목숨이 끊어졌다'는 말은 죽었다는 뜻이다. 시쳇말로 죽었다는 말 대신 '꼴까닥 했다'고도 하는데, 이는 목 호흡이 끊어질 때 나는 소리다. 나는 죽기 직전의 호흡을 하고 있었다.

목 호흡이 무서운 것은 자살충동을 느끼는 것이다. 악마는 나를 지옥 문턱으로 밀어냈다. 몸서리쳐졌다. 혹시 충동적으로 자살을 할지도 몰라 온종일 주의를 집중했었다. 자살은 계획하는 것이 아니라 충동적 찰나의 행동이다. 결국 단전호흡을 하면서 목 호흡이 고쳐지고 자살충동도 사라졌다.

자살충동은 좌절이 심할 경우 균형을 잡아보려고 취하는 심리이다. 스스로의 탓이라며 내벌형內罰形 행동을 하는 경우 가출, 도박, 약물 등을 하기도 하고 심하면 '극단적 선택'을 한다. 내벌형 행동을 하면 목 숨을 쉬게 된다. 이 경우 눈을 감고 억지로라도 심호흡을 10분간만 하면 좌절감이 줄어들고 충동감도 사라진다. 뇌에 산소가 원활히 공급되기 때문이다.

뇌의 무게는 몸무게의 2%에 지나지 않는 1.4kg이지만 소비하는 혈액은 15% 이상이고, 소비하는 산소도 전체의 20~25%나 된다. 뇌에 혈액과 산소가 충분히 공급되면 알파파가 나오는데 이때 최상의 상태가 된다.

뇌에 산소공급이 중단되면 수많은 뇌세포가 죽어 의식 불

명이 되거나 여러 가지 장애가 생긴다. 뇌에 깨끗한 혈액과 산
소를 공급하는 1등공신은 '깊고 순한 호흡'인데 단전호흡이 그
것이다.

자살의 진짜 원인

목 숨을 쉬어 뇌에 산소공급이
부족하면 생각도 엉뚱하게 바뀐다. 이때 극단적 선택을 하는
것이다. 가끔 신문에서 저명인사가 검찰에서 밤샘조사를 받고
귀가하다가 자살했다는 기사를 보곤 한다.

이분들은 이제까지 경험해보지 못한 상황에서 장시간의
강도 높은 조사를 받고 충격과 좌절감에 횡격막이 경직돼 깊
은 숨을 쉬지 못하고 목숨을 쉬게 된다. 이때 극단적 결단을
하게 되는 것이다. 나는 자살을 심리학적으로 분석하기보다
목 호흡이 중요 원인으로 본다.

요즘 젊은 유명 연예인들이 극단적 선택을 하는 경우가 많
아졌다. 이들은 흥행사와 팬들의 성화로 무리한 스케줄을 강
행할 수밖에 없다. 이 때문에 심한 스트레스를 받고 건강도 나
빠지게 된다. 스트레스는 긍정적 스트레스와 부정적 스트레
스가 있는데, 이들은 부정적 스트레스를 받고 탈진반응에 이
르게 된다.

한의학에서는 스트레스를 '기의 순환에 장애를 주는 외부

의 자극'이라고 한다. 스트레스를 받으면 몸에 열기가 발생해서 '열 받는다', '열이 뻗친다'라고도 한다. 몸에서 생긴 열기는 머리로 빠져나가는데 도중에 심장과 폐를 지난다.

심장에는 열이 쌓일 공간이 없지만 폐에는 수많은 폐포가 벌집처럼 있어서 그 안에 열이 자리를 잡는다. 이를 '적열赤熱'이라 한다. 폐에 적열이 쌓이면 얕은 호흡을 하게 된다.

연예인들은 스트레스에 호흡이 받아지고 목 호흡을 하게 되는데 여기에 악성댓글로 억울한 비난을 당하면 극단적 선택을 하는 것이다. 이런 탈진상태를 모면하기 위해 약물에 손대기도 한다. 단전호흡을 며칠만 해도 쉽게 고칠 수 있는데 안타까운 일이다. 단전호흡은 적열을 배출시켜 스트레스를 해소한다.

심호흡 10분이 자살을 극복

단전호흡을 모르더라도 억지로 심호흡을 10분 정도 하면 경직된 횡격막이 서서히 풀리면서 목숨이 가슴호흡으로 바뀌며 최소한의 산소가 뇌에 공급되기 때문에 극단적 사고는 하지 않게 된다. 뇌에 산소가 부족하면 한 생각에 몰입하게 되는데 이때 극단적 선택을 하는 것이다.

심호흡할 때 효과를 크게 내도록 하려면 숨을 내쉴 때 뱃

가죽이 등에 달라붙는다는 느낌으로 길게 뻗어야 한다. 그리고 마실 때는 그 반동으로 저절로 배가 부풀어 오른다고 생각한다. 마실 때나 토할 때 절대로 힘을 주면 안 된다.

저명인사들과 달리 기업의 CEO들은 검찰조사를 받더라도 극단적 선택하는 사람은 거의 없다. 평소 저명인사들보다 고통과 좌절을 겪은 경험이 있어서 그 정도에 기죽지 않기 때문이다. 기죽지 않으니 횡격막에 쉽게 경직이 오지 않아 극단적 선택은 하지 않는 것이다.

소설『닥터스』의 작가 에릭 시걸은 미국 하버드의과대학에서 학생자살률은 일반인의 8배이고 약물 중독률은 100배나 높다고 말한다. 이들의 공통점은 좋은 집안 환경에서 곱게 자란 것을 들 수 있다. 그런 학생들이기에 계속된 경쟁과 앞으로도 치루게 될 두려움에 호흡이 목에서 된 것이다.

이 학생들은 부모의 '계획'에 의해 성공하였다고는 하나 그렇게 되기까지 두려움과 싸우다가 기진맥진氣盡脈盡해서 결국은 극단적 선택을 하는 것이다. 이들은 기가 떨어져서 '목숨'을 쉬게 된 것이다. 기의 작용은 중요하다.

사람들은 보통 아랫배로 호흡하지 않고 흉식 호흡을 한다. 이 때문에 횡격막이 경직되어 폐활량을 30%정도만 사용한다. 횡격막이 1.5cm정도만 내려가 대략 500ml의 공기가 들락거리게 되는 것이다.

그러나 단전호흡을 기초수준으로만 해도 횡격막이 5~6cm
나 내려가 호흡량이 4배나 많아지고 복압氣이 생기게 된다.
수련을 오래 하면 횡격막이 6~8cm정도 깊이 내려가 호흡량도
6배가량 많아지고 복압은 더욱 강해진다.

깊은 호흡을 통해 생긴 복압이 마음을 안정시키고 뇌에는
충분한 산소를 공급해 기진맥진하는 일은 없게 되고 당연히
극단적 선택은 하지 않게 되는 것이다.

기를 쓰니 지옥은 없었다

악마의 마수인 두려움은 가슴
에 있지만 뇌로 올라가면 지옥이 된다. 사람의 두뇌는 수많은
정보를 저장하고 있는데 두려움이 들어오면 무능하고 혼란스
런 사람이 된다. 두려움을 벗어나야 두뇌에 있는 지식이 행동
화돼 유능한 사람이 된다. '세상은 행동하는 사람의 것'이란
말이 이 뜻이다.

사람의 지식이 행동화하려면 뇌와 천골天骨사이의 척추가
직렬로 연결돼야 한다. 천골은 꼬리뼈 바로 위에 하트모양을
하고 있는 뼈로서 '제2의 뇌'라고도 부른다. 기는 뇌와 천골이
잘 연결되도록 매체역할을 한다.

단전에 기가 충실하면 아랫배에 뭉친 혈액을 뇌로 뿜어 올
린다. 냉장고의 압축기가 밑의 냉기를 위로 뿜어 대류 시키는

것과 같은 이치이다. 이 혈액이 천골을 거쳐 두뇌로 뿜어 올라가면 정신력과 실천력이 좋아진다.

우리말에 '뼈대가 곧은 사람'이란 것도 뇌와 천골이 직렬로 올바로 서있음을 지칭하는 말이라 하겠다. 군대에서도 강한 훈련을 통해 병사의 뼈대를 곧게 해서 올바른 군인정신을 갖게 하는데 비슷한 원리이다.

두뇌와 천골의 연결이 좋지 않은 경우 두려움이 틈새를 파고 들어온다. 호흡이 횡격막 아래로 내려가지 못할 때 생긴다. 두려움은 뇌와 천골의 중간인 가슴에 자리 잡고 사람의 행동과 생각을 초조하고 반항적으로 만든다.

두려움은 화, 스트레스, 분노, 증오, 비방, 불만, 복수심 등으로 나타난다. 두려움을 느끼면 두뇌에 저장된 지식과 정보가 천골까지 연결되지 않기 때문에 행동화 되지 않고 정신력도 약해져 좌절감에 빠지게 된다. 이는 신경계에 혼돈을 일으켜 엉뚱한 행동을 하게 한다. 자살 같은 게 한 예이다.

자살충동은 호흡이 어깨 위에서 돼 생기는 것임은 설명했다. 나는 자살충동에 몸서리치면서 이를 극복하려고 여러 심리학책들을 읽었다. 심리학적 이론에 수긍은 갔으나 치료방법은 막연했다. 결국 단전호흡을 하면서 자살충동은 사라졌다. 단전호흡은 굳어진 횡격막을 부드럽게 해서 깊은 호흡을 가능하게 한 것이다.

단전호흡과 감사의 힘

심리학적으로 자살유혹은 감정feeling에 의한 것이다. 감정을 바꾸려면 활동acting이나 생각thinking 중 하나를 고쳐야 한다고 한다. 둘 중 쉬운 것이 활동을 바꾸는 것인데, 매일 운동을 하거나 '심호흡'을 하는 것이 한 방법이다.

생각을 바꾸기 위해 좋은 음악을 듣는 방법이 있지만 매일 일정한 시간 계속해야 한다. 단전호흡을 하는 게 훨씬 쉽고 효과도 있다. 종교에서는 감사함으로 치유하기도 한다.

단전호흡과 감사함은 동전의 양면과 같다. 단전이 강하면 작은 일에도 감사하는 습관이 생긴다. 감사한 마음을 가지면 횡격막의 경직이 풀어져 호흡이 단전으로 내려온다. 종교에서 감사함은 단전호흡을 유도하는 방법이기도 하다.

나는 평소 긍정적 말을 하면 단전호흡 효과가 있음을 발견했다. 해서 긍정적 말과 부정적 말이 인체에 어떻게 반응하는지 실험해봤다. 긍정적 말과 부정적 말이 호흡에 어떻게 영향을 주는가 보자.

① 어떤 사람에게 "감사합니다", "훌륭하십니다", "아름다우십니다", "수고하십니다" 같이 긍정적인 말을 시키고 호흡을 살펴봤다. 이 말들은 횡격막 아래인 아랫배에서 호흡이 되면서

만들어져 나왔다.

② 반면 "죽여 버릴 테야", "나쁜 새끼야", "도둑놈아"라고 부정적인 말을 시키니 횡격막 위인 목에서 소리가 만들어져 나왔다.

우리는 몸이 아프면 짜증나고 남과 시비하거나 흉보고 욕하게 된다. 호흡이 횡격막 위에서 되기 때문이다. 단전호흡을 하면 호흡이 횡격막 아래에서 되면서 말도 인성도 긍정적으로 변하게 된다.

우리는 주변에서 유난히 불평을 많이 하고 짜증을 잘 내며 심지어 싸움도 자주 하는 사람을 본다. 이것을 성격이 그런 것으로 단정하는데 실제로는 횡격막이 경직된 데서 나오는 것이다. 그는 숨을 쉬려고 그러는 것이다. 나도 몸이 나빴을 때는 호흡을 얕게 해서 뇌에 산소가 제대로 공급되지 않으니 짜증, 불평, 싸움을 수시로 했었으나 단전호흡을 수련하면서 횡격막이 유연해지니까 나아졌다.

의학적으로 이런 사람들도 정신의학과에서 치료받으면 개선된다고 한다. 약을 복용하면 횡격막이 유연해지고 호흡이 깊이 돼 그런 행동을 거의 안 하게 되는 것으로 보인다.

단전호흡의
위력

죽음에서 삶으로

나는 정신이 황폐화돼 좌절과 방황으로 온몸이 너무 아팠다. 어느 날 TV에서 드라마를 보는데, "아프냐? 나도 아프다"란 대사를 들었다. 순간 가슴이 열리며, 두렵고 아팠던 자리에 어머니 손길 같은 평온한 느낌이 들어섰다. 수학 공식처럼 마이너스 곱하기 마이너스는 플러스가 된 것이다.

다음날 즉시 단전호흡도장을 찾아갔다. 그동안 건강에 좋다는 방법들과 약을 수없이 추천받아 망설였었다. 순간의 결정이 사람을 살리기도 하고 죽이기도 한다는 말이 맞았다. 기초호흡을 50일쯤 수련했을 때 "나는 살 수 있다"라는 희망이 생겼다. 닫혔던 가슴이 열리기 시작한 것이다.

열심히 수련했더니 '기'라는 것이 생기면서 1년 만에 '목 숨을 약 60%정도 '깊은 숨'으로 바꿀 수 있게 되었다. 병원을 전전하던 삶을 그치고 모든 약을 끊을 수 있게 된 것이 제일 기뻤다.

깊은 숨을 쉬면서 횡격막이 유연해지니까 두려움에서 벗어났고, 시간이 지나면서 어느새 전쟁공포증도 잊어버렸다. 정상인으로 돌아오기 시작한 것이다. 나는 너무나 감사해서 '신비한 기의 실체'를 깊이 연구해봤다.

기에도 공식이 있음을 발견했다.

[기의 공식]

기 = 호흡 = 생명

기는 호흡에서 생긴다

위의 기 공식을 풀어보면, '기'는 우리의 '생명生命'이고 동시에 '호흡呼吸'이다. 기가 끊어지면 호흡이 끊어지고 생명도 끊어진다. 생명이 끊어지면 기와 호흡도 끊어지며, 호흡이 끊어지면 기도 끊어지고 생명도 끊어진다.

우리는 호흡의 실체는 '숨'이라고 잘 알고 있지만, 기와 생명의 실체는 잘 모른다. 나는 기와 생명의 실체는 인생 자체이며 '호흡의 여정'이란 것을 발견했다. 우리는 '숨을 터트리며' 세상에 나왔다가 '숨을 거두며' 세상을 떠나는 것이다.

사람은 영유아, 청년, 노인 할 것 없이 횡격막과 흉근 등을 이용해 폐로 숨을 쉬고 있다. 숨을 아랫배로 쉬느냐, 가슴으로 쉬느냐, 목과 어깨로 쉬느냐에 따라 나이가 구분된다. 어린애들은 아랫배를 불룩이며 숨을 쉰다. 사춘기를 거쳐 청년이 되면 감정이 풍부해지고 사고思考가 발달하면서 호흡이 위로 올라와 가슴호흡을 한다.

장년이 되면 가슴의 움직임이 약해지다가 노년이 되면 어깨를 움직이며 목 숨을 쉰다. 그러다 호흡수와 맥박수가 같게 되면 하루를 못 넘기고 숨을 거두게 된다(『국선도 강해』 허경무; 세계국선도 연맹).

강한 생명과 강한 기로 젊음을 유지하고 늙지 않기 위해서는 숨이 위로 올라오지 못하게 해야 한다. 숨을 올라오지 못하게 하는 호흡이 단전호흡이다. 사회생활하면서 단전호흡 하기는 힘들겠지만 무조건 해야 한다. 단전호흡 수련장에서 1시간도 못할 정도로 의지가 약하다면 희망은 없다.

기로 마음을 다스리는 법

나는 사람의 마음이 평안하지 못하면 온갖 문제를 일으킴을 알게 되었다. 이 마음을 평안하게 하려면 무심無心이 되어야 한다. 무심을 만드는 게 기의 중요한 역할이다. 마음은 머리(상단전)와 가슴(중단전), 아랫배(하단전)에 일직선으로 연결돼 있어서 호흡을 통해 상통하게 할 때 무심하게 된다(『국선도 강해』, 허경무; 세계국선도 연맹).

이것을 의념意念으로 상통하도록 해야 한다. 단전호흡에서는 동작보다 호흡이 중요하고 호흡보다 의념이 더 중요하다.

숨을 천천히 마시면서 머리 중앙을 양미간을 통해서 정성껏 의념으로 바라보면 백회(머리 정수리)에서 기운이 내려오면서 묵직하게 느껴지거나 불꽃이 보이기도 한다. 다음에 숨을 내쉬면서 이 기운을 일직선으로 가슴 중앙으로 끌고 내려오면서 밝은 해가 비춘다고 생각하면 희로애락 등 모든 감정이 가라앉는다.

이때 무념무상無念無想의 상태가 되는데 호흡을 마시면서 이 마음을 아랫배로 내리면 온몸이 중심을 잡으면서 안정을 느끼게 된다. 이것이 마음의 본래 자리라고 한다. 아랫배(하단전)가 불안정하면 마음도 불안정하게 되는 것이다. 여기서 아랫배가 단전丹田이며 기의 밭이 된다.

기의 밭인 단전을 강화하는 게 건강과 행복의 핵심이다. 기가 모이면 육체가 건강해지고 기가 흩어지면 육체도 없어진다고 한다. 기는 바로 생명의 근원이고 생명을 유지하는 생명 원소, 생명 인자, 생명체의 에너지라고 정의할 수 있다(『덕당 국선도 호흡법』, 김성환; 도서출판 덕당).

기의 4가지 작용

좋은 호흡은 미세하고 깊고 평온한 호흡이다. 갓난아기의 호흡과 같다. 단전호흡이나 명상, 참선, 요가 등이 바로 그런 호흡수련 법인데, 이는 호흡이 아랫배까지 내려가도록 하는 것이다.

단전호흡을 하면 횡격막이 5~6센티미터 정도 복부로 내려가 공기흡입량도 3배 이상 증가하게 된다. 이때 아랫배에서는 복압이 높아지면서 축기縮氣가 되는 것이다.

기가 우리 몸에서 어떻게 작용하는가를 필자의 경험에서 대략 4가지 기능으로 나누어 보았다.

① 자신감을 준다.

기의 가장 위대한 작용으로 자신감이 강해지는 것을 들 수 있다. 기는 사람에게 자신감을 통해 불가능한 일을 가능하게 바꿀 수 있는 능력을 준다. 자신감은 의지력을 선물한다. 난치병 환자가 강한 의지력만으로 병을 이겨내는 경우가 있는 것도 기의 힘 때문이다.

② 면역력을 준다

기는 면역력을 강하게 해서 병에 걸리지 않는 체질을 만들며, 병에 걸렸더라도 보통의 병은 저절로 낫게 한다. 의학적으로도 기는 면역력이 있는 T-임파구와 베타엔도르핀, 암세포를 제거하는 거대 과립구Large Granule Lymphocyte 등의 물질을 분비시켜 면역효과를 높이고 있음이 증명되었다.

③ 마취력을 준다

기는 육체적인 통증을 큰 고통 없이 이겨내게 한다. 따라서 강한 인내심을 길러준다. 기합술사들은 팔뚝이나 귀에 쇠꼬챙이를 꿰고 무거운 물통을 매달고 흔들면서도 아무런 고통을 느끼지 않고 시범을 한다.

종교의 순교자들은 화형을 당할 때 미소를 지은 채 살이 타들어가는 것을 참는데 바로 기의 마취력 덕분이다. 의학적으로도 뇌 내 모르핀과 같은 호르몬이 통증을 획기적으로 감소시키는 것이 증명된 바 있다. 기는 뇌 내 모르핀을 생성하는 것으로 알려져 있다.

④ 폐 기능이 강화된다

한의학자들 가운데 질병의 뿌리는 폐肺에 있다고 주장하는 사람도 있다. 폐는 면역력과 독소 정화기능이 있기 때문에 호흡을 잘해야 함은 당연하다. 그런데 보통 사람들의 폐 활용률은 17%정도에 불과해서 문제가 된다고 한다.

폐포(허파꽈리)는 얇은 공기주머니로 모세혈관이 그물처럼 둘러싸고 있는데 표면적이 몸 표면적의 50배로, 약 100㎡에 이른다. 폐포는 모세혈관에 산소를 공급하고 이산화탄소를 배출하는 역할을 한다. 이 폐포들을 펴놓으면 농구 경기장의 절반에 해당하는 면적이라고 한다(서효석, 편강한의원장).

폐포들이 이렇게 많은 까닭은 공기와 접촉 면적을 늘리기 위해서다. 해서 유독물질이 폐로 들어가면 치명적이 되기도 한다. 폐는 호흡효율을 높이기 위해 많은 소기관으로 이뤄져있는데 각각 독립적 기능을 한다. 위와 간은 잘라내도 재생되지만 폐는 몇 개의 엽으로 돼있어 절제할 경우 재생되지 않아서 폐 기능이 저하돼 생명에도 위협이 된다.

폐는 상태가 심각할 경우 이식을 해야 한다. 장기 이식 중에서도 상당히 비싸고 생존율이 최저 수준이다. 평소 단전호흡을 하면 폐 건강을 향상시켜 위험을 예방할 수 있는 것이다.

단전호흡으로 건강회복

기가 선물한 건강과 행복

사람들은 나이가 들면 성공과 행복에 대해 의문과 회한을 갖게 된다. 심지어 성공했다는 정치가나 학자, 사업가, 종교가들도 자신의 일생에 대해 회한을 갖는다. 건강이 나빠지면 더욱 그렇다.

나는 성공과 행복의 필요충분조건은 건강이라고 생각한다.

나이가 들면 치아가 망가지고, 머리털은 백발이 되고 그마저도 힘없이 빠지며, 얼굴에는 주름이 가득하고 등은 굽어지는 늙은이 모습으로 변한다. 식사할 때 음식물을 옷에 떨어뜨리고 입가에 음식이 묻어도 태연하며 팬티에 대소변을 묻혀 역겨운 냄새를 풍기기도 한다. 서로 나눈 얘기를 곧 잊어버린 채 다음에 똑같이 반복하기도 한다. 매일의 삶이 고통일 뿐이다.

노인이라도 식사를 잘 하며 몸새가 청결하고 정신도 맑은 노인도 있다. 얼굴 피부는 주름도 거의 없고 머리에는 숱이 많으며 눈썹은 눈 위를 가득 메워 얼굴윤곽이 뚜렷하다. 시력은 돋보기를 쓰면 신문을 몇 시간이라도 읽고 청력은 보청기의 도움도 없이 자유롭게 대화를 할 수 있다. 목소리는 두세 시간을 서서 강의를 해도 까딱없다. 골프를 쳐도 젊은이들이 또 함께 치고 싶어 한다.

위의 얘기는 81세인 지금의 내가 그렇다는 것이다. 이것들은 기의 면역력이 내게 해준 것이다. 특히 고엽제 후유증으로 비참한 젊은 시절을 보냈기에 자랑하고 싶다. 기의 신비한 힘을 아무리 강조해도 넘칠 수 없다고 생각한다.

나는 지금도 골프, 스키, 수영, 등산 같은 체력을 필요로 하는 것이나 머리를 쓰는 저작생활 등 모든 면에서 아마추어라고 볼 수 없을 정도로 다이내믹하게 생활하고 있다.

특히 골프에 관해서는 『기 골프로 싱글되는 법』(조선일보 출판)이란 책을 썼는데 국내와 해외에서 베스트셀러에 오른 적이 있다. '기를 써서' 골프를 친 결과 매우 좋은 효과를 얻었던 경험담을 쓴 것이다.

젊은 노인이 되다

고엽제는 제초제의 성분인 다이옥신으로 만들었다고 한다. 그래서인지 고엽제는 내 몸에서 머리털, 눈썹, 치모, 심지어 솜털까지 거의 뽑아버렸다. 잡초로 알았던 모양이다. 치아는 흔들거렸고 잇몸에서는 누런 물이 흘러나왔으며, 눈은 따갑고 난시로 혼란했고, 정력은 조루증으로 창피해서 죽고 싶을 정도였다.

앞에서 말했듯이 치질은 너무나 심해 통증을 견딜 수 없어 수술을 3번이나 받았으나 계속 재발돼 더 이상의 수술은 포기하고 참고 지냈다. 기억력과 두통은 최악의 상태로 책은 볼 수도 없었고, 잠은 항상 졸린데도 깊이 들지 못해서 늘 불면상태였으며, 어디를 걸어가려면 몇 백 미터를 제대로 걷지 못하였다.

그러나 지금은 이 모든 증상들이 거짓말처럼 싹 없어졌다. 오히려 젊은이들조차 따라오기 어려운 그 반대의 젊음을 가졌다고 할 정도로 육체적으로 건강하고 정신적으로 자신감과 활기가 넘치고 있다. 남들은 머리털이 빠져서 온갖 약을 다 바르는데 나는 머리털과 눈썹이 예전보다 가득하다.

전화위복轉禍爲福이란 말이 있다. 나는 바로 그런 사람이다. 고엽제 후유증을 이겨내고자 배운 단전호흡 덕택에 젊음을 얻었고, 기 덕분에 머리가 맑아져서 연구생활을 잘 할 수 있게 되었고, 기 덕분에 '끼氣'가 생겨 유머와 위트가 폭발해서 기업체나 단체 등에서 명강사로 소문나서 용돈도 벌 수 있었다(이희승 국어사전에는 '끼'는 기와 동의어라고 표기함).

기막히면 죽는다

여기서 알 수 있는 것은 기는 생명이란 사실이다. 앞에서 언급한 기 공식처럼 기=생명이라고 할 수 있다. 흔히 하는 말에 "기가 막혀 죽겠다"거나 "기가 막혀 미치겠다" 또는 기진맥진氣盡脈盡 같은 말은 기의 운행이 약해서 죽을 지경인 상태를 말한다.

기가 막히면 실제로 죽는다. 그런 경우의 예를 들어보기로 한다. 승려들 가운데 도력을 높이기 위해 단식을 하다가 죽는 경우가 있다. 기가 막혀서 그렇게 되는 것이다. 단식을 2주 행하는 경우 단식이 끝나면 반드시 미음과 죽으로 보식補食을 2주 동안 해야 한다.

그런데 불같은 식욕을 참지 못하고 미음이나 죽 대신 밥을 배불리 먹으면 죽게 된다. 위장은 단식 동안 물만 마셔서 단식이 끝나도 연동작용을 100% 못하게 된다. 그런데 많은 양의 밥이 들어오면 전혀 소화를 시키지 못해 위장이 꽉 막히게 된다. 이때 횡격막 움직임도 멈춰서 호흡이 되지않아 기가 막혀 죽게 되는 것이다. 병원에 가서 위장을 세척해도 이미 기운氣運이 멈췄기 때문에 소용이 없다.

단식을 하면 저절로 호흡이 깊게 돼 단전호흡과 같은 심호흡이 된다. 그런데 단식은 쉬운 게 아니다. 정신력이 강해서 보식기간에 인내할 줄 알아야 한다. 이 때문에 단식은 단식원에서 지도자의 감독아래 행해야 한다.

반면 단전호흡은 단식처럼 위험한 기간이 없고 누구나 수련할 수 있으며 어느 경지에 이르러야 효과가 있는 게 아니라 수련프로그램을 따라 한 달하면 한 달 한만큼, 10년 하면 10년 한 만큼의 효과를 얻을 수 있다. 열심히 노력만하면 된다.

명심할 것은 단전호흡을 운동으로 생각하면 안된다. 이 것을 식사라고 생각하기를 권한다. 식사는 오늘 갈비를 배불리 먹었다고 내일은 안 먹을 수가 없다. 단전호흡도 식사처럼 절대로 굶을 수 없다는 각오로 매일 수련에 임해야 효과가 있다.

기는 암세포도 압사시킨다

우리 몸속에는 대략 60조 개의 세포가 있다고 한다. 그 세포들은 늘 죽고 또 새롭게 태어난다. 모든 세포가 죽고 다시 태어나는데 걸리는 기간은 약 3~4년이라고 한다. 현재의 우리 몸은 3~4년 전의 나의 몸이 아닌 것이다.

그런데 3~4년이 지나도 우리 몸에서 죽지 않고 계속 번식해서 폭발적으로 늘어나는 세포가 있다. 바로 암세포이다. 암세포는 확산성이 매우 강해서 기하급수적으로 배가doubling times한다고 한다. 이 암세포 덩어리가 지름 1cm 정도로 커지면 1기 암인데 대략 7년 걸린다고 한다.

이런 암세포를 7년 동안 방치하면 안된다. 기의 응축력으로 멈추게 해야 한다. 기의 응축력이 암세포의 확장을 억제하면 서로 영양섭취 쟁탈전을 벌이다가 영양결핍으로 지름 1cm의 덩어리가 되기 전에 고사枯死하게 되는 것이다. 사람마다 매일 암세포가 수백 개씩 생기는데 면역력이 억제해서 암환자로 되지 않는다고 한다. 만약 기가 약하면 암에 걸릴 수 있다.

기는 응축력이 있어서 축소지향縮小指向적 성격을 가지고 있기 때문에 비만도 예방한다. 비만은 신체의 확산을 의미하는데 기가 이를 억제하는 것이다.

활성산소 억제

건강에 가장 나쁜 영향을 미치는 것으로 활성산소를 들 수 있다. 활성산소는 우리 몸의 모든 곳에서 세포를 공격해 노화를 촉진하고 몸의 시스템을 무력화시킨다. 활성산소는 공중에 존재하기도 하지만 마신 산소 중에서 남는 것이 변해서 되기도 한다.

우리는 산소를 많이 마실수록 건강에 좋은 것으로 생각하는데 필요량을 초과해서 마시면 남은 것은 활성산소가 되기 때문에 위험하다고 한다. 산소는 매우 중요한 것이기도 하지만 모든 물질을 부패시키는 역할도 한다.

산소는 음식을 부패시키고 쇠붙이조차 부식腐食시키는 대

단한 힘을 가지고 있다. 활성산소를 예방하는 방법으로 두 가지가 있는데, ①마신 산소는 모두 태울 수 있는 적당량을 마시거나, ②마신 산소는 전부 태우면 된다.

우리는 마신 산소의 60%정도만 태워버리기 때문에 활성산소의 해독을 중화시키기 위해서는 SODsuper oxide dismantles 효소를 몸에서 많이 생성해야 한다고 한다. 이 효소는 뇌 운동이 활발할 때 생성되는 것으로 알려져 있다. 따라서 뇌기능을 젊게 해야 많은 SOD가 생성된다고 볼 수 있다. 뇌 운동이 미약하면 SOD효소의 산출도 작아진다. 단전호흡이 최고의 뇌 운동인 것은 이미 설명했다.

뇌 운동은 생체에너지인 기氣가 활발히 공급될 때 잘 된다. 기가 활성산소의 폐해를 줄이는 데도 한 몫 하는 것이다. 반대로 아드레날린 계통의 호르몬은 활성산소의 발생을 촉진한다. 그런데 기는 감정을 순화시켜 아드레날린 호르몬의 생성을 조절하는 역할도 하므로 2중으로 활성산소의 발생을 억제한다고 할 수 있다.

이와 비슷한 주장을 일본의 의사인 하루야마 시게오 박사도 했다. 그는 수백만부 베스트셀러 책인 『뇌 내 혁명』에서 언급하고 있다. 그는 사람이 플러스 발상(긍정적 사고)을 할 때 '뇌 내 모르핀'이 많이 분비된다고 말한다. 뇌 내 모르핀은 그가 만든 명칭으로 이 물질이 뇌에서 분비되면 통증완화, 인내심,

심정의 안정 등을 준다고 한다.

그는 플러스 발상은 명상상태에서 가장 강력하게 나온다고 말한다. 즉 플러스 발상은 단전호흡이나 기수련을 할 때 많이 생성되는 것이다. 다시 말해서 기는 활성산소로부터 뇌세포를 보호하고 두뇌도 좋게 한다는 뜻과 같다.

단전호흡을 하면 산소를 많이 마시게 되는데 왜 좋은가에 대한 의문이 있을 것이다. 그러나 단전호흡은 1회에 마시는 산소량은 많지만 1시간 동안의 양을 측정하면 보통 호흡할 때보다 절반 이하로 적음을 알 수 있다. 단전호흡 수준이 중급정도 되면 1분에 3회 내지 4회의 호흡을 하게 된다. 수련을 대략 1년 정도 지속했을 때의 이야기이다.

나는 1분에 1회의 호흡을 하고 있다. 이는 보통사람들이 평소 16회하는 호흡의 16분의 1에 해당한다. 나는 1분 동안에 호흡을 10초 마시고 40초 멈추고 10초 뱉는다. 경험에 의하면 마신 산소를 멈추는 40초 동안에 모두 태우는 것으로 추측한다. 이것을 오래 반복하면 체내에 숨어있는 산소도 모두 태워서 활성산소의 근원을 없애버린다고 추측된다.

수련입문생이 1년 정도 지나면 호흡을 마신 후 멈추는 시간을 늘려나가는데 이때 복압이 커지면서 산소를 태우게 된다. 마시는 산소양은 적어지고 흡입된 산소는 모두 태워버리게 돼 활성산소 생성이 줄게 된다.

위와 간의 온기가 생명

위장은 몸의 중심에서 에너지를 생산해 간장, 심장, 신장, 폐장에 보급하는 공장이다. 평생을 쉬지 않고 제 역할하려면 위장은 항상 온기溫氣로 따뜻해야 한다.

위장은 음식을 1.5~2.5리터까지 섭취하고 위액을 분비하면서 연동운동(수축운동)으로 소화한다. 일반적인 사람은 음식을 2.5리터 이상 섭취하면 과식이 된다. 과식은 식도에 매달린 위장을 아래로 처지게 하고 차갑게 만든다. 그러면 1분에 4번씩 하던 연동운동은 3번 정도로 줄어든다.

이는 소화력을 떨어뜨려서 필요한 에너지를 공급하지 못해 심장, 간장, 비장, 신장, 뇌 등의 활동이 약하게 된다. 이것이 무기력, 비만, 정신병, 성인병 등을 일으킨다. 소식을 해야 하는 까닭이다.

과식은 이처럼 위장에 악역을 한다. 나는 과식에 대한 정의에도 문제가 있음을 발견했다. 밥은 적게 먹지만 국이나 찌개를 먹고 식후 물, 커피, 음료수를 마신다면 과식이 된다. 수분은 밥보다 훨씬 무거워서 위장을 처지게 한다. 위장의 한계 중량을 초과하면 과식이라고 생각한다.

몇 년 전 미국에서 시카고 대학의 한 연구팀이 발표한 다이어트 책이 베스트셀러가 된 적이 있다. 그 방법은 식사 전후 2시간 내에는 절대로 물을 마시지 말고 2시간이 지난 다음 물을 듬뿍 마시라는 것이었다. 최근에는 커피는 식후 1시간 후에 마셔야 좋다는 논문이 큰 반향을 일으키기도 했다. 커피를 식후 즉시 마시는 경우 철분과 미네랄 등이 흡수되지 않기 때문이라는 것이다.

이들은 주로 화학적 영향에 대해 분석한 것이었다. 나는 그러한 연구도 위장의 한계중량을 지키는 방법이라고 생각한다. 식후 2시간이면 위장의 음식이 대장으로 거의 내려갔을 시점이므로 무거운 물이 들어가도 위장에는 부담을 주지 않게 된다.

그럼 왜 위장의 한계중량이 중요한가? 위장은 음양으로 볼 때 땅土으로 본다. 땅은 따뜻해야 식물이 성장할 수 있어서 온기를 필요로 한다. 그런데 국이나 찌개는 비록 뜨겁다 해도 물, 음료수, 술과 같은 수분으로 음성陰性이기 때문에 무겁고 차가운 성질을 가지고 있다.

물은 무거워서 땅속으로 흘러내려가는 성질을 가지고 있다. 위장에 수분이 많이 차면 위장은 아래로 처지고 차갑게된다. 수분을 소량 섭취했다 해도 그 무거운 성분과 음성은 위장을 차갑게 하고 처지게 한다.

수분은 밥의 양성陽性을 냉기冷氣로 뒤덮고 한계중량도 초과하게 한다. 위장의 중량이 초과되면 아래로 처져 간장과 맞닿게 된다. 이때 차가워진 위장은 본능적으로 간장의 열기를 빼앗아가게 된다.

허준의 동의보감에 의하면 위장은 오장육부의 대장장기로서 자신을 따뜻하게 보존하기 위해 간장의 온기를 빼앗는다고 한다. 그러면 간장기능이 저하돼 지방은 분해되지 않고 피하에 축적되어 지방간과 비만의 원인이 된다.

간장은 음양오행陰陽五行으로 볼 때 나무木로 본다. 나무는 땅이 따뜻해야 온기를 받아 잘 자란다. 추운 겨울에는 땅이 꽁꽁 얼어붙어 나무가 자라지 못하다가 봄이 되어 땅속에 햇볕이 스며들면 온기를 받은 뿌리가 뻗어 나오듯 위장土의 온기가 강해야 간장木이 소생하게 되는 것이다.

이처럼 소식은 매우 중요하다. 한계중량을 지키는 소식을 한다면 다음과 같은 효과가 있다.

- 위장에 온기가 보존돼 소화력과 흡수력이 높아진다.
- 호흡이 깊이 되면서 단전에서 기가 생성된다.
- 기의 응축력으로 근육과 피부가 단단해 진다.
- 마음이 편해져서 스트레스에도 강하게 된다.
- 충동적 식사 버릇도 없어진다.

그런데 나는 1일 2식 단식법을 하기 때문에 생수를 하루에 2~3리터 마시지만 위장이 가벼워서 한계중량을 초과하지 않는 것으로 생각된다.

단전호흡이란?

앞에서 기의 위력을 설명했는데 어떻게 기를 얻는지에 관해 본론으로 돌아가야 할 것 같다.

덕당 김성환德堂 金性煥
정사正師와 덕당국선도國仙道

나는 단전호흡을 처음에는 청산거사靑山居士가 창시한 국선도를 배웠다. 이분은 과거에 끊어졌던 단전호흡의 맥을 복원시킨 분으로 그 도력은 놀라웠다. 그분은 누구도 따를 수 없는 도력을 지녀서 이를 흠모하는 수많은 제자들이 양성되었다. 덕당 김성환 정사도 제자의 한 분이었다.

청산거사의 일화로 유명한 것을 소개한다.

미국의 CBS TV의 '믿거나 말거나'(Believe or Not) 프로에 출연해서 물속에 얼마나 오래 있는가를 시연했다고 한다. 기중

기에 매달려 후버댐 물속 들어가서 27분이 지났을 때 PD가 위험하다고 판단하고 일방적으로 끌어올렸다고 한다.

또 다른 일화는 일본 후지TV에서 가스레인지에 철판을 올려놓고 불을 켠 채 그 위에서 결과부좌 자세로 15분 동안 앉아있었는데 PD가 일방적으로 중단했다고 한다.

청산거사가 돌아가시고 나서 나는 제자들이 여러 파로 갈라져서 운영하는 몇 곳의 도장에서 수련했으나 경영이 어려워 폐관해서 수련에 애를 먹었다. 다행히 10여 년 전부터 서울 서초구 잠원동 주민 센터 내에 개설된 덕당국선도 교실에서 수련하고 있다.

덕당 김성환 정사를 만나보니 나의 해병대 5년 선배였다. 내가 1964년에 해병대소위로 제1사단(포항)에서 소대장으로 복무할 때 정사님은 해병대 대위로 무도관을 운영해서 만난 적이 있었다. 정사께서는 나보다 1년 늦게 베트남에 파병되었지만 현지에서 주민들을 위해 단전호흡을 지도하기도 했다.

정사님은 군에서 제대한 뒤 단전호흡을 생활선도로 체계화하고 국선도를 누구나 쉽게 접할 수 있는 국민건강법으로 체계적인 프로그램을 창시하고 보급하여 큰 공로를 세운 바 있다.

전국에 국선도 도장과 국선도 교실을 4,000여 곳이나 운영하고, 국선도지도자를 약 2천 명 이상 양성하였으며, 수련동호

기적의 단전호흡

덕당 김성환 정사

인은 100여만 명에 이르고 있다.

그런데 안타깝게도 김성환 정사님은 2020년 6월 23일 새벽에 85세를 일기로 영면하셨다. 전날 오후까지도 서울 남영동 본원에서 사범과정 수련생들을 직접 지도하신 후 양평의 수련원으로 가서 주무시다가 조용히 열반한 것이다. 이것을 우리는 '신선의 죽음'이라고 표현한다. 평인들이 죽음 앞에서 장기간을 몸부림치다가 떠나는 것과는 완연히 다른 것이다.

단전호흡은 종교가 아니다

간혹 단전호흡을 종교화해서 이득을 보려는 사람이 있지만 속지 말기를 바란다.

단전호흡은 수련을 통해 아랫배(단전)로 하는 호흡일 뿐이다. 앞서 이야기했지만 단전호흡을 하면 횡격막이 평소보다 5~6cm 더 내려가기 때문에 산소흡입량이 많고 복압腹壓도 높아진다. 그로 인해 단전에 응축하는 힘이 생기는데 이를 축기縮氣라고 하고 보통은 '기'라고 말한다.

이 과정에서 횡격막이 깊이 내려가면서 위장, 간장, 신장, 대장, 소장, 방광이 압박을 받게 된다. 쉽게 말해 '기 마사지'를 받는 것이다. 사람의 스트레스에서 약 10%정도는 내장 속에 잠재돼 있다고 한다. 이 까닭에 누구나 잠재적 스트레스에 시달리는 것이다. 아무런 일도 아닌데 돌연 짜증을 내는 것은

이 때문이다. 단전호흡은 잠재 스트레스마저 뽑아버리는 내장 마사지이기도 한 것이다. 동시에 하복부에 정체된 혈액은 뿜어 올리고 노폐물은 배출하는 압축기 역할을 한다.

이것은 소화불량(위장), 변비(대장), 정력쇠약(신장, 방광)을 개선하게 된다. 이는 생명력을 공급하고 활성산소와 노폐물, 독소들을 제거해서 건강하게 만든다. 이를 종합적으로 말하면 '면역력'인 것이다.

사람의 모든 혈관을 이어준다면 무려 12만km가 된다고 한다. 심장은 다리까지 내려간 혈액을 긴 혈관을 통해 온몸으로 순환시키는 역할을 한다. 심장근육만의 힘으로는 되지 않기 때문에 온몸의 근육들의 도움을 받아 혈관을 수축시키고 순환시킨다. 그래서 근육을 '제2의 심장'이라고도 한다.

그러기 위해 심호흡을 해야 하고 걷기 등의 운동을 함께해야 한다. 걷기는 발바닥이 땅에 부딪칠 때 하체근육을 수축시켜 혈액을 심장으로 올려주는 좋은 운동이다.

근육보다 중요한 것은 단전호흡이다. 단전호흡으로 횡격막이 5~6cm 아랫배로 내려가서 생긴 강한 복압이 뱃속과 내장에 맺혀있는 혈액을 밀어주어 완전한 순환을 도와주는 역할을 하기 때문이다.

단전의 위치

단전丹田은 상단전(이마), 중단전(가슴), 하단전(아랫배)으로 나누고 있다. 단전은 단丹의 밭田이란 뜻이다. 단은 기의 밭을 만드는 원료라고 할 수 있다. 따라서 단전은 기를 가꾸고 거두는 밭이 된다. 이 책에서 나는 하단전을 단전이라고 말하기로 했다.

단전은 보이지도 않고 만질 수도 없는 무형의 존재이다. 단전을 학문적으로나 생물학적으로 설명하는 것은 어렵다. 고도의 수련자들이 전하는 정의로는 배꼽아래 2~3촌寸에 있다고 하는데, 1촌은 손가락 한 마디를 뜻한다.

우리 손가락은 엄지만 2마디이고 나머지 손가락은 3마디로

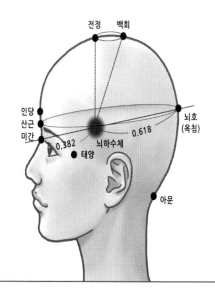

돼있다. 손가락 길이가 서로 다르므로 나는 가운데 손가락을 기준으로 삼았다. 단전은 배꼽 아래에서 가운데 손가락 2~3마디 길이에 위치한다고 보면 된다.

내가 오랫동안 수련한 경험에 의하면, 단전은 배꼽처럼 몸밖에 있는 것이 아니고 아랫배 속에 타원형의 공간(밭)으로 있었다. 그 공간 속에서 작은 덩어리 같은 것을 느끼는데 이것이 좁은 의미의 단전이라고 생각된다.

그 위치를 느낌으로는 알겠는데 말로 설명하기는 어렵다. 배꼽아래 2~3촌 위치에서 등 쪽까지 느껴지는 공간(밭)으로 생각된다. 이 공간 속에서 느껴지는 작은 덩어리가 단전이라고 생각된다. 이는 백회(정수리)에서 회음(항문과 성기 중간 혈)으로

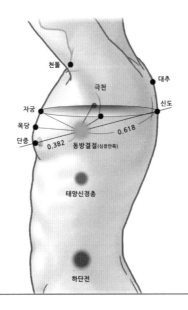

이어지는 선과 교차되는 지점이기도 하다.

이 작은 덩어리는 방광과 전립선에 크게 작용하는 것 같다. 여성의 경우에는 방광과 자궁에 작용한다고 추측된다. 단전에서 생긴 기는 남성에게는 전립선에서 정액생산을 활발하게 해주고 비대를 막아주며 염증도 예방하는 역할을 한다. 여성에게는 자궁을 건강하게 해서 분만능력을 향상시킨다.

전립선은 남자들에게는 매우 중요하기에 부연 설명이 필요할 것 같다. 전립선은 정액을 만들어 방출하는 생식기관으로 요도관을 둘러싸고 있는데 가장 넓은 부위의 지름은 4㎝ 정도이다. 중년 이후에 전립선이 비대해지면서 배뇨가 힘들어지는 경우가 있는데 감염이나 악성 종양 때문일 수 있다.

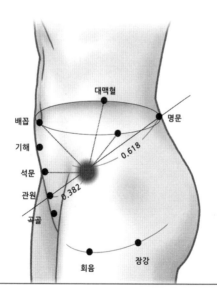

전립선 비대증 예방

나는 소변이 시원치 않아 최근 (2020년 12월 7일)에 한양대학교 비뇨의학과 박성열 교수에게 진료를 받았다. 방광 내시경을 했는데 전립선 크기는 상당히 작은 편이고 압력도 좋으며 요도 협착도 없어서 약 먹을 필요가 없다고 했다. 내 나이에 전립선비대증이 없다는 것은 기적과 같은 것이다. 단전호흡으로 전립선의 비대를 막은 것이라 추측된다.

전립선은 방광 아래에 고정되어 있고 앞은 치골전립선인대로 고정되어 골반강 내 깊숙이 위치하고 있다. 단전호흡에서 호흡을 마시고 멈추면서 기를 회음에서 장강(꼬리뼈 바로 위), 명문(배꼽과 대각선), 관원(배꼽 아래 3치, 치골 바로 위)까지 타원형으로 돌리는데 치골 안에 위치한 전립선에 기가 작용하게 된다. 이는 남성에게 강한 정력과 건강한 정액을 선물하며 비대증을 예방하게 한다.

내 설명은 나름대로의 경험일 뿐이다. 수련자마다 다를 수 있음을 양해 바란다. 수십 년을 열심히 수련했는데 단전이 느껴지지 않는다 해도 기의 효과는 있고 병소들도 치료되니 걱정할 필요는 없다. 단전이 느껴지지 않더라도 염려말기 바란다.

태권도 수련자가 벽돌을 몇 개씩 쌓아놓고 주먹으로 격파를 잘 한다고 도술이 높은 것은 아닌 것 같다. 격파를 전혀 하지 않는 고수들이 더 많다.

단전을 느끼지 못하더라도 수련을 열심히 하면 아랫배에 온기가 차오른다. 시간이 지나면 찬 기운을 느끼기도 한다. 이는 대장이 너무 따뜻해지면 변비 등 이상 현상이 생기고 다른 장기에도 나쁜 영향을 미치기 때문에 찬 기운으로 36.5도의 정상온도를 유지하게 하는 기의 작용이다.

나는 단전의 위치에 너무 집착하지 말기를 권한다. 이것은 생물학적 부위가 아니므로 단전은 아랫배 속에 있다고 믿고 열심히 수련하다보면 위치를 느끼게 된다.

단전은 수련정도에 따라 느낌이 좌우된다. 하루에 아침, 점심, 저녁으로 3회씩 수련하면 1년안에 단전 뭉치를 느낄 수 있다.

겨자씨 한 알만한 믿음

나는 단전호흡을 수련한지 여러 해가 되어도 호흡할 때 회음혈에 의식을 집중해야 하는데 자주 놓쳐서 효과가 더뎠다. 호흡을 마실 때와 뱉을 때에 회음혈에 의식을 꽂아놓고 해야 깊은 호흡이 되는데 집중이 잘 안 되었다. 단전호흡에서 호흡이 위로 올라오면 부작용이 생길 수 있다.

그러던 중 어느 주일에 교회를 갔는데 목사님이 믿음에 관해 설교하는 것을 듣고 새삼 깨닫게 되었다.

예수님의 제자들이 간질병에 걸린 아이를 고치려했지만 실패하고 예수님께 데리고 가니 한탄하시며 귀신을 쫓아냈다. 그리고 제자들에게 말씀했다.

"너희 믿음이 작기 때문이다. 내가 진실로 너희에게 말한다. 겨자씨 한 알만한 믿음만 있어도 이 산을 향해 '여기서 저기로 옮겨 가거라' 하면 옮겨 갈 것이요, 너희가 못할 일이 없을 것이다(마태복음 17장 15~20절)."

또 다른 성경 말씀도 하셨다.

"너희에게 겨자씨 한 알만한 믿음이라도 있으면, 이 뽕나무 더러 '뽑혀서 바다에 심기어라' 하면, 그대로 될 것이다(누가복음 17장 5~6절)."

나는 겨자씨 할 알만한 믿음이 무엇인지 여러 날 생각했다. 그러던 중 단전호흡을 하다가 문득 알게 되었다. 회음혈에 겨자씨만한 작은 점을 상상하고 호흡을 하니까 놓치지 않고 호흡할 수 있었다.

나는 나름대로 겨자씨 한 알만한 믿음을 깨닫고 수련한 결과 그 효과는 놀라워 건강해지는 것은 물론 뽕나무도 옮길 수 있을 것이란 자신감이 들었다. 전쟁공포증과 수많은 병마에 무너졌던 정신력과 건강이 회복되는 것을 느꼈다.

말은 호흡이다

호흡만 정신집중을 하고 열심히 하면 기가 생기면서 몸과 마음이 꼿꼿해짐을 느끼게 된다. 사람의 정신적, 육체적 건강의 핵심은 '질서'인데 이것이 꼿꼿함이다.

옛날 선비들은 시조 읊기, 퉁소 불기, 활쏘기, 서예 등을 해서 깊은 호흡을 했다. 기독교의 찬송가, 기도, 불교의 독경, 108배 등도 신자들에게 심호흡을 통해 기를 모아주는 방법이다.

예전의 축제들은 환호성과 춤을 통해 심호흡을 유도하고 아랫배에 기를 모아줘 '배짱'을 강하게 해서 주변부족의 위협을 두려워하지 않도록 하는 주술적 방법이다. 배짱은 '배와 장'의 된소리로 아랫배(단전)를 지칭하는 것이다.

어느 집이나 부부 싸움이 잦은 것을 보게 된다. 싸움이 끝나면 칼로 물 베기처럼 언제 그랬냐는 듯이 별일 없이 지낸다. 이는 싸움하는 동안 심호흡을 해서 마음이 너그럽게 돼 그런 것이다. 말싸움은 심호흡의 한 방법이다. 말싸움을 전혀 하지 않는 부부는 헤어지는 것도 쉽게 한다. 주의 할 것은 말싸움할 때 감정을 넣지 말라는 것이다.

상대방이 심호흡을 하려는 것이니 나도 그렇게 한다는 식으로 가볍게 생각하라. 엄마들이 아이에게, 또는 남편에게 쉬지 않고 하는 잔소리도 심호흡방법의 하나이다. 외딴 섬에 장기간 갇혀있던 사람들이 가장 힘들었던 것은 말할 상대가 없어서 말 못하고 지내야 했다는 것이다. 숨이 막혔던 것이다.

심호흡은 아랫배에 복압을 만들어 중심을 잡아준다. 장난감 오뚝이가 넘어져도 다시 일어나는 것은 아랫배에 무게중심氣이 있어서이다. 사람도 중심(단전)이 약하면 잘 쓰러지게 되는데 이것이 병인 것이다. 단전호흡으로 아랫배에 중심을 강하게 해야 한다.

단전호흡의 실제

단전호흡은 인간의 건강과 행복을 위한 호흡조절법이라고 할 수 있다. 수천 년 전에는 현대적 의료 혜택을 볼 수 없어서 선각자들이 건강법으로 창안한 것인데 오히려 현대에 와서 의학에서 치료하지 못하는 병들을 낫게 하는 방법으로 주목받고 있다.

단전호흡에 관해 내가 경험한 바에 따라 간략히 설명한다. 단전은 상단전(뇌 중앙, 氣)과 중단전(가슴 중앙, 神), 하단전(아랫배 중앙, 精)이 있는데 호흡을 통해 3 단전을 통일시키게 된다. 하단전의 정은 육체이고, 중단전의 신은 정신인데 상단전의 기가 역할 할 때 육체와 정신이 건강하게 된다고 한다.

사람의 육체는 음양오행에 의해 기능을 해서 기의 작용이 중요하다. 음양은 육체와 정신을 말하는데, 육체는 음이고 정신은 양이다.

오행은 간장木, 심장火, 위장土, 폐장金, 신장水의 오장五臟을 말하는데, 각 장기의 건강은 오관五官에 영향을 미친다. 간장은 눈, 심장은 혀, 위장은 입, 폐장은 코, 신장은 귀와 상관관계가 있다. 예컨대, 간장이 병들면 눈이 나빠지고 신장이 병들면 귀가 어두워지는 것이다.

이 모두를 연결하고 통일해서 건강한 정신과 육체를 갖도록 하는 방법이 단전호흡이다. 단전호흡은 깊고 순한 호흡을 하는 방법이라고 할 수 있다. 더 자세히 말하면 혼란스러워 이 정도에서 그치기로 한다.

단전호흡 행공 3단계

① 첫 단계 : 조신법調身法 전편 - 약 20분

조신調身은 말 그대로 신체를 조절해서 정상으로 만든다는 뜻이다. 조신법은 호흡하기 전에 호흡을 잘 할 수 있도록 몸의 긴장을 이완시켜 주는 수련동작이다. 모든 스포츠에서 선수들이 운동시작 전에 몸을 풀어주는 스트레칭과 같다.

덕당 김성환 정사는 그의 저서인『덕당 김성환의 단전호흡법』에서 조신법의 원리를 심장에서 먼 신체부위, 즉 손끝과 발끝에서부터 심장가까이로 긴장을 풀고, 평소 사용하지 않던 신체부위를 풀어주어 균형을 찾게 하는 것이며, 오장육부에 신체말단인 손과 발 등을 통해 자극을 주어 조절하는 것이라고 정의한다.

조신법 전편은 호흡에 들어가기 전에 하지만, 여러 가지 동작을 하는 것만으로도 굳었던 몸이 풀어지면서 허리통, 관절염, 견비통과 척추측만증 등에 효과가 있다.

② 둘째 단계 : 조식법調息法 - 약 25분

조식이란 뜻 그대로 숨息을 조절하는 것이다. 조식법은 단전호흡과 같은 명칭으로도 불린다. 우리가 호흡할 때는 가슴으로 하는데, 호흡이 단전까지 잘 내려갈 수 있도록 하는 방법이 조식법이다. 단전호흡은 단순히 숨만 쉬는 게 아니다. 단계별로 약 10여 가지씩 자세를 바꿔가면서 깊이 숨을 마시고, 멈추고, 뱉는 행공을 해서 단전에 축기를 만든다.

조식법 최초단계는 누워서 숨을 마시는데, 서서히 마셔서 저절로 부풀어 오르는 듯이 한다. 토할 때는 서서히 토하면서 배꼽을 등에 밀착시킨다는 생각을 하면서 행하되 힘을 주어하면 안된다. 이 행공을 반복한다.

호흡자세는 수준에 따라 점점 어려워진다. 처음엔 누워서 호흡하는 동작부터 결과부좌, 물구나무서기(두좌법), 등을 활처럼 구부리는 브리지 자세 등 어려운 동작들이 많다.

약 1개월 정도하면 일어서서 하는데, 숨을 마실 때는 항문을 지긋이 조이고 뺄 때는 항문을 약간 풀어준다. 천천히 5초 마시고 5초 뺀다. 1분에 6회로 호흡하게 된다. 이 호흡만 잘 해도 정신적으로는 두통, 불면증, 정신혼란, 건망증 등이 호전되고, 육체적으로는 소화불량, 변비, 대장염, 비만 등이 호전된다.

대략 100일 하면 다음 단계로 올라가, 5초 마시고 5초 멈추고 5초 뺄고 5초 멈춘다. 그러면 1회 호흡에 20초 걸린다. 평소 1분에 16회 호흡을 하다가 1분에 3회 호흡하는 셈이다. 이때 배꼽에서 3치 아래의 관원에 의식을 두고 숨을 뺄면서 선골(꼬리뼈 위)로 밀착하듯이 한다. 마실 때는 반동으로 저절로 부풀어 오르듯이 서서히 마신다. 힘을 주어 행하면 안된다. 그 효과는 최초호흡의 몇 배로 크게 나타난다.

다음 단계는 설명을 생략한다. 오묘한 단전호흡원리를 말로 설명하는 것은 위험하다. 직접 수련장에 찾아가 배우기를 권한다. 참고로 '기초적 단전호흡법'을 아래에 소개한다.

③ 셋째 단계 : 조신법調身法 후편 - 약 15분

조식법을 마치고 나면 아랫배에 기가 축적되는데 이것을 온몸에 골고루 유통시켜야 병소들이 치료되게 된다. 그런 역할을 하는 것이 조신법 후편이다. 사람의 척추는 S라인으로 허리는 들어가고, 가슴은 펴고, 목은 C자로 휘어져야 정상이다. 그래야 갈비뼈와 쇄골이 제자리를 잡아 호흡이 잘 되고 중추신경과 말초신경도 원활히 활동하게 된다.

위의 조신법 전편과 조식법, 조신법 후편의 3가지 행공을 수행하면 이리저리 휘었던 척추마디들이 제자리로 돌아오면서 단절됐던 신경들과 중추신경이 다시 살아나게 된다. 물론 오랜 수련을 해야 한다.

그 결과 몸속에 숨어있던 병들이 서서히 자연치유 된다. 단전에 생긴 기가 병원에서도 찾아내지 못한 곳들을 스스로 찾아다니며 치유해 준다. 이것을 자연치유력이라고 하는데 면역력이 해주는 것이다. 단전호흡은 자연치유력을 강하게 해주는 방법이다.

기초적 단전호흡법

위에서 단전호흡 행공과정을 설명했다. 독자들이 참고할 수 있도록 나를 지도하셨던 덕당 김성환 정사와 세계국선도 연맹 허경무 총재의 이론을 참고해서 기초호흡 방법을 설명하기로 한다.

단전호흡 자세는 누워서 하는 호흡, 무릎 꿇고 하는 호흡, 일어서서 하는 호흡, 결과부좌 자세로 하는 호흡의 4가지 자세로 분류할 수 있다.

이 가운데 입문자를 위해 누워서 행하는 호흡을 설명하고자 한다. 다른 호흡 자세는 단전호흡을 대략 1개월 이상 행한 수련자와 고급수련자에게 해당하는 호흡 자세이다.

- 호흡은 반드시 코로 하고 입으로 하지 않는다. 누워서 마음을 정돈한 후 5초간 마시고 5초간 내쉰다. 5초는 어린아이부터 90대 노인도 할 수 있는 호흡의 길이이다.

- 배꼽에 정신을 집중하고 배꼽에서 숨이 들어오고 등 뒤(명문)로 호흡이 나간다고 생각하고 자연스럽게 충분히 마시고 완전히 내쉰다. 숨을 거의 토했을 때 양 손바닥으로 배를 서서히 눌러 모든 탁기를 토해낸다. 이때 손바닥은 무게로 하며 힘을 사용하지 않고 배 근육의 힘으로만 토한다.

- 호흡을 충분히 마신 후 잠시 멈춘 듯하다가 내쉬는데 뱃가죽이 등에 달라붙을 정도로 충분히 토한다. 그러나 무리한 힘을 주어 쥐어짜듯 해서는 안 된다. 처음에는 잘 안되지만 정성을 들이면 배꼽이 등까지 도달하는 느낌을 갖게 된다. 이때 코에서 호흡 소리가 나거나 거칠며 끊어지지않게 주의해야 한다. 또한 호흡이 바람 소리 같이 나오거나 숨이 막히듯 행하는 호흡은 안 된다. 흐르는 물과 같이 호흡이 이어져야 하고 매끄럽고 부드러워야 한다.

이 호흡을 정성을 쏟아서 최소한 20분 이상하면 횡격막이 유연해지면서 간장과 신장에 기가 생긴다. 이때 감사와 사랑하는 마음을 가지면 심장과 폐장이 편안해지고 기의 유통이 원활해져서 경락이 활성화된다.

최초 단전호흡 입문자의 경우, 몇 주 정도하면 단전(아랫배)이 따뜻해짐을 느끼는데 온기가 생긴 때문이다. 온기가 기의 기본 형태이다. 이것이 몸을 변화시키며 건강한 몸을 만드는 근본적 형태인 것이다.

기는 온기와 냉기가 있는데 건강상태에 따라 작동한다. 몸이 찬 사람은 온기가 치료해주고 몸이 더운 사람은 냉기가 치료해준다. 대부분의 사람은 몸속에 찬 곳이 숨어있어서 온기가 순환해 냉기를 제거해준다.

단전호흡을 대략 1년 이상 수련하면, 예민한 사람은 내관(內觀)으로 자신의 오장육부가 보이는데 아픈 곳을 의식적으로 바라보면 기가 치료해 준다. 의식이 가는 곳에 기도 간다. 손바닥에 새 천원지폐를 펴놓고 바라보라. 지폐가 말아질 것이다. 이는 의식이 가면서 기도 함께 통했기 때문이다. 의식이 강하면 그 효과는 더 크다.

맹인의 눈도 뜨게한 믿음과 기

　　　　　　　　"열 번 찍어 넘어가지 않는 나무 없다"는 옛말이 있다. 의식을 열 번 집중하면 무엇이든 할 수 있다는 뜻이다. 다시 말해 "기를 써서 하면 안 되는 것이 없다"는 말과 같다. 기독교에서 "믿는 대로 된다", 영어속담의 "Where there is a will, there is a way."라는 말과도 같다. 믿음 속에는 기가 들어있어 이런 힘이 있는 것이다.

　성경에는 더 놀라운 믿음에 관한 기록이 있다. 태어날 때부터 소경(맹인)인 거지가 예수께 볼 수 있게 해달라고 간구하자 예수께서 진흙에 침을 뱉어 반죽을 만들어 눈에 발라주고 실로암 연못에 가서 씻으면 앞이 보일 것이라고 말했다. 소경은 온종일 사막 길을 더듬어 실로암에 가서 눈을 씻으니 앞이 보였다. 그가 돌아와 예수께 감사를 드리자 놀라운 말씀을 했다.

　"네 믿음이 너를 고쳤다!"

　소경이 앞이 보이지도 않는데도 먼 실로암까지 천신만고 끝에 가서 눈을 씻은 것은 예수님에 대한 '믿음'이 없는는 할 수 없는 것이다. 예수님이 고쳐주신 것이 아니라 믿음이 고쳐주었다는 위대한 말씀이다. 나는 소경의 이 믿음에는 기가 꽂혀있다고 생각한다.

　단전호흡 할 때는 자세를 여러 가지로 바꾸면서하는데 뼈마디에서 소리가 나기도 한다. 비틀어졌던 척추마디들이 바로 잡히기 때문이다. 아프던 곳이 치료되고 몸이 유연해지며 젊어짐을 느끼기도 한다.

이때 주의해야한다. 수련을 마친 후 대략 20분 정도는 대소변, 손 씻기, 식사, 음료, 악수 등은 피해야 한다. 기껏 수련해서 생긴 기가 몸속을 운행하다가 흩어질 수 있기 때문이다. 특히 악수나 포옹 등 신체접촉을 삼가야 한다.

접촉을 통해 기가 상대방에게 면역력氣을 넘겨주기 때문이다. 만약 상대방이 감기환자라면 그 사람은 감기가 낫고 대신 감기에 걸리게 된다.

어떤 엄마는 아이가 배가 아프다고 문질러 주었다가 자신이 배가 아파서 고생을 했는데도 아이가 나았다고 기뻐하는 걸 봤다. 모정은 위대하다.

기도와 단전호흡의 기적

경제학에 행복공식이 있다.

[경제학의 행복공식]

$$행복 = \frac{충족}{욕망}$$

행복은 욕망과 충족의 크기에 좌우된다. 욕망이 크면 불행하고 충족이 크면 행복하다. 충족을 크게 할 수 없는 경우 욕망을 억제하면 행복하게 된다. 이 공식을 종교와 연결해보면 쉽게 이해된다. 종교는 금욕주의가 기본으로 욕망을 줄이고 감사하도록 해서 충족을 크게 한다. 이때 기가 생기면서 행복을 느끼며 건강해지기도 한다.

부족하더라도 감사하면 충족이 커지고 행복하게 된다. 감사하기 위해선 쉬지 말고 감사기도를 해야 한다. 적어도 하루에 3시간 이상씩 기도해야 효과가 있다. 목사의 기도 시간이 교회의 크기를 좌우한다는 말이 있다.

오래 기도하면 호흡이 아랫배로 내려가고 우뇌가 작동하면서 자신감이 생기며 창조적으로 된다. 불교의 독경도 마찬가지 효과가 있다. 종교에 상관없이 기도를 열심히 하면 큰 응답이 오게 돼 있다.

수십 년 전에 있었던 일을 소개한다. 어느 날 오후 강의를 마치고 나오는데 교실 문 앞에 40대 중반으로 보이는 남자가 정장을 하고 기다리고 있었다. 그가 명함을 건네기에 보니 교회목사였다. 나는 그를 연구실로 안내했다.

"목사님께서 무슨 일로 저를 찾아오셨는지요?"

"아는 분이 교수님께 교회 발전에 관해 상담해보라고 권해서 찾아왔습니다."

"저는 목사님께 상담드릴 만큼 신앙심과 성경지식도 없는데요."

그래도 목사님은 꼭 듣고 싶다며 말했다. 그는 경기도에서 교회를 개척해 3년간 목회를 했으나 신도가 50명 정도에서 더 이상 늘지 않는다고 했다. 하루에 여러 신도 가정들을 심방하고 가끔 신도들과 버스정류장에 나가서 전도를 했는데도 효과가 없다고 했다.

나는 갑자기 내가 도울 수 있을 것이라는 자신감이 생겼다.

"목사님, 하루에 기도는 얼마나 하십니까?"

"30분 정도합니다. 제가 심방, 전도, 상담, 설교준비, 청소까지 모두 해야 하기 때문입니다."

"목사님, 교회의 부흥은 하느님이 해주십니까, 아니면 신도들이 해줍니까?"

"하느님이 해주십니다."

"목사님, 제가 경영학자로서 볼 때 지금까지 하신 것은 선택과 집중에서 잘 못됐습니다. 하느님을 선택하셨으면 그분에게 집중해서 간구해야합니다. 하루에 하느님께 30분정도 간구해서는 안 됩니다. 적어도 하루에 3시간에서 5시간 기도하시면 들어주실 것입니다."

그러자 목사님은 무릎을 탁치면서 고맙다고 인사하고 떠났다. 그 후 경기도에서 매우 큰 교회를 일으켰다고 들었다.

단전호흡의 효과

정력의 회복과 조루증 치료

단전호흡을 수련하면 기가 생기는데 남자에게는 양기陽氣로 여자에게는 음기陰記로 체화한다. 부부생활에서 사랑과 행복은 성생활의 만족여부에 좌우되는데 기가 충만해야 한다. 남자의 양기는 정력으로 기가 충만할 때 강해진다.

양기가 약한 남자의 첫 증상은 조루증이다. 앞에서 말했듯이 남자의 회음혈이 막혀서 양기가 아래에 있지 못하고 위로 올라오는 증상이 조루증이다. 이런 남자들은 정력도 약해져서 말을 헤프게 한다. 해서 "양기가 입으로 올라왔다"고 놀림받기도 한다. 단전호흡을 몇 주만 하면 깊은 호흡에서 생긴 기운이 회음혈의 막힌 혈을 풀어주어 쉽게 낫고 정력도 회복된다.

음양오행에서 남자는 양陽으로 하늘이고 여자는 음陰으로 땅이다. 하늘은 태양, 달, 비, 바람이다. 땅은 하늘이 해주는데 따라 변화된다. 하늘(남자)의 햇볕, 달빛, 비, 바람이 땅(여자)에 어떻게 작용하는가에 따라 옥토도 되고 황무지도 된다.

특히 달月은 땅의 물과 온도를 조절하는 역할을 한다. 달은 땅의 물을 조절하기 위해 밀물과 썰물을 일으키고, 여자의 월경月經을 관리하며, 햇볕에 뜨거웠던 땅을 식혀준다. 남편의 양기가 부인을 옥토로도, 황무지로도 만들어 주는 것이다. 따라서 성생활의 만족은 양기에 좌우된다.

사람은 직립해서 살기 때문에 물水(신장)은 하체에 고이고 열火(심장)은 상체에 올라가게 된다. 이 때문에 동양의학에서는 사람의 건강에서 수승화강水昇火降을 최고의 원리로 꼽는다. 그러나 동물들은 기어 다니기 때문에 물과 열이 평행으로 운행해서 암이나 고혈압, 당뇨병 같은 게 없다.

수승화강은 물은 올리고 열은 내려야 한다는 뜻이다. 하체의 물을 심장으로 끌어올려 열을 식히라는 것이다. 물리적으로 물을 올릴 수 없기 때문에 하체(신장)의 물을 빼면 열은 내려오고 심장의 열은 식게 된다.

음양오행에서 신장은 물水로 본다. 신장에 저장된 정액은 물이 수십 배로 응축된 것이어서 양이 적어도 대량의 물이다. 열을 내려오게 하려면 정액을 뽑아내야 하는데 그 방법이 성교를 통한 사정射精이다.

남자가 사정을 오랫동안 하지 않으면 몸이 무겁고 정신도 아둔해지게 된다. 정액을 뽑아내면 심장의 열이 쉽게 하체로 내려오면서 몸이 가벼워진다. 당연히 건강도 얻게 된다.

성추행은 기가 약한 까닭

요즘 유명한 관료들이 성추행으로 교도소를 가거나 자살을 하는 사건들이 연이어 일어나서 사회적 문제가 되고 있다. 이분들의 인격과 명성은 대권후보로 기대할 정도로 최고였음은 자타가 인정하고 있다. 특히 여성의 인권과 성적性的보호에 가장 앞장서서 존경과 지지를 받았던 사람도 있다.

이런 명성과 지위를 한 순간에 날려버린 욕망을 어떻게 봐야하나?

인간이 가장 착각하는 것이 성욕에 대한 인식이다. 인간은 동물이기 때문에 성욕도 동물처럼 단순하다. 성욕을 느끼면 무조건 해보려는 본성이 숨어있다. 동물적 성욕은 인격과 상관없다. 그런데도 성욕을 체면과 명예 때문에 억누르고 있는 데서 문제가 생긴다.

성욕은 자석의 남극과 북극처럼 서로 끌어당기는 힘이 강하다. 여자는 남자 앞에서는 음기陰氣가 음기淫氣로 변하면서 끌어당기는 힘이 강해진다. 자신도 모르게 변하는 것이다. 남자 눈앞에 보이는 여성이 젊을수록 끌어당기는 힘은 강하다. 더구나 그 여성이 허벅지가 들어난 스커트를 입고 젖가슴이 보이는 블라우스를 입고 있다면 충동은 폭발적이 된다.

이때 남자의 양기는 본능적으로 폭발하는데 이를 몇 번은 참을 수 있지만 오랜 시간은 참지 못하게 된다. 이때 남성은 엉뚱한 판단을 하게 된다. 상대방의 반응을 보면서 야한 농담을 한다. 차츰 자제력이 약해진다. 상대 여성이 예의상 웃으며 무시하는 것을 승인으로 착각하고 결국은 접촉을 하면서 성추행이 시작된다.

이 문제 때문에 수천 년 전부터 선현들은 자제력을 강조했다. 그 자제력이 기수련이다. 공자, 맹자, 석가, 예수 모두가 성욕을 자제하라고 설교했는데 내용은 기를 쌓으라는 것이다. 그 방법으로 수양修養을 강조했는데 기수련이나 기도 등이다. 지배자들은 수양이 힘드니까 아예 첩을 몇 명씩 두는 것을 허용했다.

민주주의가 정착되고 일부일처제가 정립되면서 남녀의 음양 관리문제는 법의 심판대상이 되었다. 아무리 큰 권력을 가진 자라도 성적으로 끌리는 여자를 보면서도 참아야 했다. 그러나 본성이 폭발해서 자신도 모르게 엉뚱한 행동을 하게 된다.

프로이트의 성추행 이론

거룩한 사람들은 자제력이 강할 것 같지만 그도 동물이기 때문에 여자의 음기淫氣를 쏘이면 맥 못 추고 끌려들어 간다. 체면 때문에 시간을 끌다가 어느새 성추행으로 대리만족을 구하는 것이다.

이 문제를 프로이트Sigmund freud가 잘 설명해주고 있다. 그는 부부 간에 만족한 성생활을 못하는 것을 성적 목적달성 불능상태sexual frustration라고 정의한다. 이런 남녀는 성적 대리만족을 위해 제3의 상대방에게 히스테리 행동을 하는데 그것이 성추행인 것이다. 물론 뒤늦게 후회하지만 이미 늦었다. 히스테리는 돌발적 행동인 것이다. 인격과 명성도 소용없다.

이런 히스테리를 예방하는 방법은 강한 양기가 있으면 된다. 앞에서 말한 대로 양기는 하늘이기에 땅(여성)을 옥토로도, 황무지로도 만든다. 충실한 양기로 부부 간에 만족한 성생활을 하면 된다. 그 방법이 단전호흡이다.

옛말에 '남자는 허리, 여자는 자궁'이란 말이 있다. 남자의 정력은 허리에서 나오고 여자의 정력은 자궁에서 나온다. 허리는 신장腎臟을 말한다. 남자는 태어날 때 변강쇠와 똑 같은 양의 정력氣을 허리에 받고 태어났다. 이 정력을 보존하는 방법에 따라 인생이 바뀌게 된다.

정력은 성기의 크기나 나이에 좌우되는 것이 아니다. 천천히 '기를 쓸 때' 명품이 나온다. 조루증인 사람일 경우 더 심하게 성추행의 유혹에서 벗어나지 못한다. 그 까닭은 성적 목적달성 불능상태로 인한 반발 작용 때문이다. 이것도 기가 허虛해서 그런 것이다. 젊고 힘도 세지만 의외로 조루증인 사람이 많다. 이들은 힘은 세지만 기가 약하기 때문에 그런 것이다. 나는 기수련한 것 외에 약을 먹지도 않았는데 조루증을 완전히 고쳤다.

유별나게 Y담을 좋아하는 사람이 있다. 이런 사람을 "양기가 입으로 올라왔다"고 부른다. 만약 이들이 기수련을 하면 양기가 아랫배로 내려가게 되고 야한 농담은 하지 않게 된다. 사람은 누구나 태어날 때 선천적으로 똑같은 양의 기를 아랫배, 정확히 신장에 가지고 태어난다. 단전호흡이 답이다.

넘치는 정력회복

나는 남자로서 가장 부끄럽고 괴로웠던 것이 조루증이었는데 지금은 변강쇠가 울고 갈 정도로 완치되었다. 욕심이지만 결혼 초에 회복되었더라면 하는 생각이 든다.

이 기회에 단전호흡의 가장 큰 '단점'을 말하고 싶다. 단전호흡을 몇 개월 수련하면 정력이 너무 세지는 것이 큰 단점이다. 조루증은 단번에 없어지고 오히려 몇 회씩 성교해도 사정射精을 참을 수 있게 돼 여성이 살려달라고 할 정도로 만족시킬 수 있게 된다.

시쳇말로 "죽여준다"는 게 이것을 말하는 것이다. 그러나 사정을 많이 하면 해로우니 절제해야 한다. 이 때문에 기수련자들은 수도승처럼 몸과 마음을 닦고 인내하는 게 중요하다.

고무풍선을 적당히 부풀린 후 바람을 빼면 괜찮지만, 빵빵하게 한 후 바람을 빼면 폐품이 된다. 사람도 축기縮氣가 강할수록 절제하지 못하면 폐인이 될 수 있다. 그러나 부부 간에는 얼마든지 사랑을 나눠도 무방하다. 부부 간에는 낭비라고 볼 수 없기 때문이다.

나는 워낙 몸이 나빠서 단전호흡 효과가 잘 나타나지 않았다. 10여 년을 행한 후에야 1분에 1회 호흡으로 할 수 있었다. 1분 1회 호흡을 하면서 '두려움'이 거의 물러갔다. 밤마다 악몽에 소스라치게 놀라서 식은땀을 흘리며 잠 못 이루던 것들이 횟수가 줄어들고 전쟁공포증의 마수가 약해졌다.

끊임없이 도장에 나가서 열심히 수련을 해온 결과 전쟁공포증의 소산인 우울증, 불면증, 불안, 초조, 망상 등은 거의 사라지고 체중도 68kg으로 늘었고 주변 사람들로부터 너그럽고 인자하다는 소릴 듣게 되었다. 반면 비만인 사람은 수련의 효과로 체중이 놀라울 정도로 감소한다.

가장 고통스러웠던 간경화, 체중미달, 치질 등도 잘 견디게 되었다. 고혈압, 당뇨, 위장병, 대장염, 탈모, 치조농루, 망막염, 만년피로 등은 보통사람들 보다 양호한 수준으로 회복되었다. 당연히 정력에서도 강점이 나타났다. 물론 조루증도 사라졌다.

강한 정력의 장단점

　　　　　　　　　　단전호흡의 단점은 부인에게는 장점이 된다. 부인의 성 감각이 둔하거나 불감증에 걸렸더라도 남편의 지속력이 곧 명기로 회복시킨다. 성의학적으로 불감증은 여성이 흥분해서 절정에 도달하려는데 남편이 먼저 사정해 버리기를 반복하면서 생긴 증상이다.

앞에서 말했지만, 프로이트는 이런 성적좌절감을 '성적목적달성불능sexual frustration'이라고 정의했다. 그는 여성 히스테리 환자들을 대상으로 임상시험을 해서 근본원인은 성적좌절감에서 나오는 것임을 밝혀냈다. 또한 남녀의 여러 정신신경 증상들도 성적좌절감에 의한 갈등에서 기인한다고 말했다.

성의학자들은 죽도록 사랑해서 결혼한 부부라도 사랑은 1~2년 밖에 못 간다고 말한다. 성적 만족이 그 이상 계속 지속되지 않기 때문이다. 이때부터 부부 간에 갈등frustration이 생기게 된다. 다행히 이때쯤 자녀를 낳아 그럭저럭 평생을 미워하며 살게 된다.

성적좌절감은 마음에 분노, 두려움, 불안, 열등감, 돌출행동 등을 일으켜서 말을 거칠게 하고, 부정적 사고를 하며, 남을 헐뜯거나 자기 자랑을 늘어놓고, 특히 음란한 얘기를 거리낌 없이 하게 한다.

유명인사가 부하 여직원에게 '위력에 의한 성추행'을 하는 것도 성적좌절감에서 히스테리처럼 돌출행동을 한 것이다. 본인은 "왜 내가 그런 행동을 했는지 이해가 되지 않는다"고 땅을 치며 후회하지만 자신의 의지를 떠난 것이어서 성적 좌절감을 개선하지 않으면 또 반복 될 것이다.

성추행 외에도 많은 남성들은 엉뚱한 돌출행동을 한다. 여성의 신체부위를 몰래 촬영하거나 지하철에서 접촉을 하며, 여성들 앞에서 심한 음담패설을 하다가 고발당하기도 한다. 이 모두가 성적좌절감을 대리만족하기 위해 저질러진 돌발행동이다.

그러나 단전호흡을 수련해서 정력이 강해지면 부부 간의 성적좌절감은 해소되고 돌출행동도 자제된다. 나는 부부가 함께 수련하기를 권한다. 한쪽만 수련할 경우 상대방은 요구를 감당하지 못해서 갈등이 생길 수 있기 때문이다.

단전호흡수련에서 명심할 것을 부탁한다. 단전호흡을 사범의 지도를 받지 않고 자기 혼자 수련하면 위험하다. 그런 경우 호흡할 때 소리가 나거나 엇박자로 행하기 쉬워 폐에 이상이 생길 수 있다. 폐가 나빠지면 정력보관창고인 신장腎臟에 이상이 생기고 정력도 무너지게 된다.

음양오행에서 오장五臟은 금金(폐)→수水(신장)→목木(간장)→화火(심장)→토土(위장)의 상생相生 관계에 있다. 여기서 폐를 보면 신장을 살려주는 상생의 기능을 하는데, 폐에 이상이 생기면 신장을 살려주지 못해 정력이 감퇴되고 엉뚱한 행동을 하게 된다.

단전호흡은 횡격막에서 시작

횡격막은 신체의 119본부

횡격막에 모든 답이 있다. 불안과 근심으로 자신감이 없다면 누차 말했듯이 깊은 호흡을 하면 개선된다. 깊은 호흡은 횡경막을 유연하게 해서 자신감을 높여줘 불안을 막아주는 역할을 한다.

그간 내가 특강을 한 기업체나 정부기관의 수강자들은 단전호흡과 그 효과에 대해 많은 질문을 했었다.

나는 40년 넘는 단전호흡과 단식, 기타 운동을 통해 많은 사실을 체험했다. 그 덕택에 내 머리의 정수리는 뾰족하게 솟아 있다. 신선도 민화를 보면, 천년을 산다는 신선의 정수리가 뾰족하게 돌출돼 있는 것을 볼 수 있다. 이는 오랜 깊은 호흡으로 복압이 높아져 기운이 정수리를 밀어 올려 솟아난 것이라 추측된다.

등산, 조깅, 에어로빅 외에 모든 운동들도 깊은 호흡을 하는 방법이다. 단전호흡과 강약의 차이가 있을 뿐 효과는 대단하다. 깊은 호흡을 하면 횡격막 운동을 하게 돼 복압이 높아지고 정신과 신체에 변화를 일으키는 점은 앞에서 충분히 설명했다.

반복하지만, 단전호흡은 일반호흡보다 횡격막이 약 5~6cm 더 내려간다. 등산은 약 2~3cm정도 내려간다. 단식은 아랫배를 비움으로써 횡격막을 깊이 내려가게 해서 자연적으로 심호흡이 된다. 내 경험에 의하면 단식이 단전호흡보다도 횡격막이 더 깊게 내려오는 것 같았다.

석가모니, 예수, 공자, 맹자 등 성자들은 단식과 단전호흡을 행해서 복압을 높여 세상을 바꾼 초능력을 얻었다고 생각된다. 복압은 아랫배에 기 덩어리를 축적하고 뇌에 대량의 생체에너지를 공급해서 초능력을 창조한다고 추측된다.

또한 복압은 '배짱(배와 장)'을 강하게 해서 자신의 올바른 생각을 실천하는 뚝심을 생기게도 한다. 이것이 성자들의 교리가 된 것이다. 복압이 높은 사람은 횡격막이 안정돼 있어서 흔들림이 없고 겁도 없다. 겁은 횡격막이 출렁일 때 나온다.

암의 비밀도서관

요즘 컴퓨터, 핸드폰, 게임기 등을 많이 사용하면서 전자파가 암을 일으킨다고 문제가 되고 있다. 수맥水脈도 암을 일으킨다고 주장하는 사람들이 많다.

그러나 기를 수련해서 횡격막이 튼튼하면 전자파나 수맥파 등에 큰 영향을 받지 않는다. 모든 파동은 신체와 접촉하면 심장, 폐, 간장에 전달돼 뇌에 파장을 일으킨다. 그러나 횡격막이 튼튼하면 이런 파동은 자체에서 흡수되고 뇌에 전달되지 않아 신체기전에 병을 일으키지 못한다.

대개의 사람들이 전자파에 크게 영향을 받지 않는 것은 태어날 때 강한 기를 받고 태어난 때문에 횡격막이 막아줘 큰 피해를 보지 않는 것이다. 그러나 전자파에 계속적으로 과다노출하면 단전호흡이나 등산 등으로 깊은 호흡을 해서 횡격막을 튼튼히 해야 피해를 막을 수 있다.

나는 기와 횡격막을 설명하면서 학자로서 과학적으로 증명되지 않은데도 너무 강조하는 것은 아닌가 걱정된다. 그래서 기의 존재에 대해 상식적으로 증명하기로 한다.

나는 모든 암의 원인을 기가 약한데 있다고 확신한다. 기운이 약하면 그곳에 병이 생긴다고 생각한다.

한 예로, 간암의 원인을 의학자들은 임상실험과 연구를 통해 여러 가지 원인을 열거한다. 술을 너무 많이 먹어서, 과로해서, 짜게 먹어서, 바이러스에 전염되어서 등 다양한 원인이 있다. 그런데 간암 환자 가운데 술을 한 방울도 마실 줄 모르는 사람인 경우도 있고, 전혀 짜게 먹지 않는 사람도 있다.

의학자의 진단이 100% 맞는 것이 아닌 데도 과학이라고 인정받고 있다. 암 환자의 발병원인은 전체를 볼 것이 아니라 개별로 보아야 한다. 가령 '갑'이란 환자와 '을'이란 환자는 체질, 생활습관, 기호, 종교, 자라난 가정환경, 직업 등에서 전혀 다를 수 있다. 이런 이질적 배경을 가진 사람을 놓고 발병원인을 동등한 조건에서 분석한다는 것은 통계학의 모순을 사실로 받아들이는 것이다.

나는 의학자들이 인정하지 않겠지만 간암의 원인의 하나로 간에 기운이 흐르지 않아서 간 기능에 장애가 생긴 것이라는 가설을 세우고 싶다. 술을 폭음하면서도 대다수 사람이 간암에 걸리지 않는 것은 간에 기운이 잘 흐르기 때문이라고 추정한다.

술을 많이 마시는 사람과 전혀 안 마시는 사람도 간에 기운이 약하면 술과 관계없이 발병할 수 있는 것이다. 기가 약하면 자란 배경이나 음주, 음식 등의 습관에 관계없이 병의 원인이 될 수 있다.

의학자들은 '기'에 대해서는 검증하지 않고 술, 음식, 과로 등의 사물과 행위에 대해 검증하는 오류를 범하고 있다.

횡격막은 신체의 댐이다

횡격막의 역할은 강물에 건설한 댐과 같이 매우 중요하다. 댐이 물의 수량을 조절해 홍수를 예방하듯이 횡격막은 오장육부가 중력에 의해 하수되는 것을 막아준다.

만약 횡격막이 약하면 호흡과 심장박동이 빨라지고 배가 유달리 나오며, 대장은 중력을 견디지 못해 항문이나 고환으로 삐져나가는 문제를 일으킨다.

이는 치질, 음낭수종蔭郞水腫:토산부랄, 소화기능 이상, 신부전, 사지불수四肢不隨 등을 일으키고, 고혈압과 당뇨 등의 원인이 된다.

횡격막의 바로위에는 폐와 심장이 있다. 아래에는 간장과 위장이 붙어있으며, 좌우 양쪽 밑에는 신장이 있다. 조금 아래에는 소장, 대장, 방광이 있다. 횡격막은 가슴부위에서 이들의 안정을 유지시키는 댐 역할을 한다.

만약 횡격막이 어떤 외부상황에 의해 갑자기 크게 출렁이면 상하의 오장육부가 흔들리게 되는데, 이를 '충격' 받았다고 표현한다. 오장육부와 두뇌는 서로 신경이 연결돼 그 충격은 두뇌에도 신속히 전파된다. 이때 정신적으로 '질겁한다', 또는 '놀란다'는 상황이 생긴다.

횡격막이 충격 받으면 오장육부도 충격 받아 가슴이 두근거리고, 다리가 후들거리며 정신은 하나도 없게 된다. 횡격막이 들썩이면 바로 밑의 간은 떨어질 듯이 느껴지고, 심장은 콩닥콩닥 빨리 뛰며, 신장도 압박을 받으니까 다리가 후들거리게 되는 것이다. 동시에 호흡이 멈춰지니까 산소공급이 끊어져 순간적으로 정신이 없게 된다.

이때 횡격막 바로 밑의 간이 제일 크게 충격을 받는다. 이를 "간 떨어질 뻔했다"고 말한다. 자동차가 달리다가 갑자기 브레이크를 밟으면 차 안의 사람들이 앞으로 쓰러지는 현상과 같다.

이런 현상을 예방하고 횡격막을 안정시키는 것이 복압氣이다.

복압은 아랫배에 뭉클한 에너지 덩어리가 꽉 차는 현상이다. 이 복압이 횡격막을 받쳐줘 댐 역할을 도와준다. 또한 복압은 냉장고의 압축기처럼 하복부의 혈액을 두뇌에 공급해서 정신건강을 도모한다.

나는 고엽제로 몸이 최악의 상태였지만 단전호흡과 단식 덕택으로 횡격막이 안정되면서 박사까지 딸 수 있었고 끝내 교수도 되었다. 폐인에서 교수까지 된 기적이 일어난 것이다.

내가 생각해도 남보다 다른 '어떤 능력'이 작용했던 것 같다. 이를 '정신력'이라 말하는데 틀린 말이라고 생각된다. 정신력이 아니라 '횡격막의 힘'이나 '복압의 힘'이라고 해야 옳다고 생각한다.

총명을 주는 횡격막

사람의 능력과 건강에서 제일 중요한 요인은 횡격막과 복압이라고 생각한다. 복압은 횡격막을 안정시키고 열정과 배짱, 뒷심을 강하게 하고 혈액을 머리로 순환시켜 뇌기능을 향상시킨다.

사람의 능력이라고 할 수 있는 지식과 리더십은 머리가 좋고 건강해서 열정, 배짱, 뒷심을 발휘할 때 나온다. 열정과 배짱, 뒷심이 강하면 당연히 집중하고 몰입할 수 있게 된다. 뒷심은 배짱보다 강한 의미로 '뒤의 힘'의 준말인데 항문의 힘을 일컫는다. 흔히 강한 배짱을 '똥배짱'이라고 부르는데 이 역시 항문의 힘을 말한다. 이는 복압에서 나온다.

불교에서는 명상호흡을 하루에 여러 시간씩 행한다. 복압을 높이고 뒷심을 기르는 것이다. 기독교에서는 단식과 기도로 깊은 호흡을 통해 의지력을 키운다. 신앙심도 분석해보면 횡격막의 안정에서 나온다고 볼 수 있다.

복압이 답이다

심리학에서는 두려움을 정신적 현상으로 보지만, 나는 호흡과 깊은 관련이 있음을 알게 되었다. 나는 전쟁공포증을 앓으면서 정신적 증세는 머리에 있지 않고 횡격막과 복압에 있다는 사실을 발견했다.

학문적으로 입증된 것은 아니지만 내가 단전호흡과 단식을 통해 깨달은 것이다. 그대가 못 믿겠다면 조깅이나 등산, 운동을 열심히 해보라. 횡격막이 부드러워지고 복압이 높아져서 자신의 성격과 행동에 큰 변화가 올 것임을 책임지고 약속할 수 있다.

사람들은 복압의 위력을 잘 모르고 있다. 나는 전쟁공포증을 고쳐보려고 큰돈을 들여 병원을 전전했으나 고치지 못했는데 복압이 고쳐줬다. 죽기 살기로 단전호흡을 해서 복압을 쌓으니까 횡격막이 어떤 상황에서도 출렁이지 않게 되면서 공포증은 저절로 물러가버렸다. 공포는 횡격막이 출렁일 때 생기는 것이었다.

사람은 복압이 높아 횡격막이 들썩이지 않을 때 정상상태가 된다. 우리가 "가슴이 찢어진다", "가슴이 아프다", "억장이 무너진다"는 상태는 횡격막이 들썩이면서 생기는 것이다. 억장億丈은 가슴의 옛말이다. 횡격막이 들썩이면 심장과 폐장, 간장에서 충격을 느끼게 된다. 그러나 아랫배의 복압이 횡격막을 잘 받쳐준다면 억장이 무너지는 아픔도 없다.

『닥터스』의 저자 에릭시걸은 하버드대학 의과대학에서 발표한 바에 의하면, 현재 수만 종의 병이 있지만 의학적으로 검증된 병은 2천5백 종이라고 한다. 그 가운데 치료법이 개발 된 것은 25가지라고 말한다. 서울대 의과대 교수로 세종병원으로 전직한 이명묵 교수는 확실한 치료법은 항생제 하나라고 말한다. 나도 동의한다.

안타깝게도 고엽제병은 의학적으로 검증된 2천5백 종에도 없고, 25가지 치료법에도 없다. 그 병을 내가 깊은 호흡과 단식으로 30여 년의 노력 끝에 고친 것이다. 내 치료경험을 의학적으로 증명하기는 불가능하다. 물론 단전호흡과 단식이 어떻게 병을 고치는지 의학적으로 증명할 수도 없다. 다만 깊은 호흡과 단식으로 횡격막을 안정시켰더니 나았다는 사실뿐이다.

말에서도, 긍정적 말은 복압이 횡격막을 받쳐 줘야 된다.

부정적 말은 복압이 받쳐주지 못하니까 가슴 위에서 된다. 이때 얼굴의 양미간도 쭈그러진다.

지금 아픔을 겪고 있다면 무조건 1시간 이상 걷기나 등산을 매일 해보라. 어느새 마음이 편안해질 것이다. 횡격막이 깊이 내려가고 복압이 생긴 때문이다. 전쟁공포증도 낫는데 근심걱정쯤이야 안 났겠는가?

무기력을 고친다

사람들은 자신의 잠재력을 무시하고 무기력증에 빠져 지내기 쉽다. 한 중학생이 무기력증에 빠져 지내다가 자신의 잠재능력을 발견하고 큰 인물이 된 일화를 보기로 하자.

미국의 어느 중학교 체육시간에 한 학생이 운동이 싫어서 선생님에게 간청했다.

"저는 힘이 하나도 없어서 체육을 할 수가 없는데 열외해주세요."

선생님은 대답도 하지 않은 채 학생을 학교 연못으로 데려갔다. 그리고 학생에게 말했다.

"연못 속에 무엇이 보이는지 들여다 보거라."

학생이 연못에 얼굴을 숙이자 선생님은 학생의 뒤통수를 힘껏 밀어 물속으로 넣었다. 그러자 그 학생은 몸부림을 쳤다. 그래도 선생님은 계속 밀어 넣었다. 그러자 학생은 죽을힘을 다해서 머리를 뒤로 제쳤다. 선생님은 뒤로 자빠졌다.

"선생님! 왜 나를 죽이려고 하세요!"

학생은 무섭게 대들었다.

"네가 힘이 하나도 없다고? 너는 체육선생인 나를 자빠트릴 만큼 힘이 세다. 네가 힘이 없다고 하는 것은 네 스스로 그렇다고 생각한 때문이다. 너의 힘과 능력을 믿어라."

선생님은 손수건을 꺼내 학생의 머리를 닦아주었다.

이후 그 학생은 자신감을 찾고 강한체력을 발휘해 능동적인 사람으로 변화되었다. 그 결과 하버드대학에도 당당히 입학해서 진보적 정치가로 변신했다. 그는 39세에 척수성 소아마비에 걸렸음에도 좌절하지 않고 적극적으로 활동해서 9년 후인 1931년에는 뉴욕주지사에 당선되었다. 이어서 1932년 대통령선거에서 승리하여 미국의 제32대 대통령이 된다. 그가 프랭클린 루즈벨트 대통령이다.

그는 자신을 포기하고 지내다가 살아야겠다는 생각에 힘을 쓰니 아랫배에 복압이 생기며 기적 같은 반동이 생긴 것이다. 복압은 기의 덩어리로서 믿을 수 없는 기적도 일으킨다.

루즈벨트 대통령은 뒤늦게 나타난 소아마비라는 장애의

시련과 고통을 극복하고 인간의 고귀한 가치를 지도이념에 넣어 임기 중 세계대공황을 해결하고, 제2차 세계대전을 승리로 이끈 저력을 발휘했다. 이 때문에 그는 미국역사상 유일하게 8년이나 연임하는 대통령이 되기도 했다.

사람들이 무기력하게 되는 데는 자신감을 포기하고 사는 때문이다. 가정환경, 경제력, 타고난 성격 등 핑곗거리가 있을 것이다. 그리고 그 틀에 갇혀 지낸다. 그러면 횡격막이 굳어지고 당연히 깊은 숨도 쉴 수 없게 된다.

인류역사상 가장 위대한 단어 하나를 꼽으라면 '자유'를 들 수 있다. 인간은 자유를 얻으면서 억압을 벗어나 무한의 능력을 발휘할 수 있게 되었다. 자유가 억압으로 위축된 횡격막을 유연하게 해서 일어난 기적이다.

지금까지 잠재능력을 시험해볼 기회가 없었을 것이다. 잠재능력을 무한대로 크게 만들고 싶은가? 그렇다면, 깊게 숨을 들이 키고 무조건 머리를 치켜들라. 짓누르던 불안, 초조, 근심이 뒤로 나자빠질 것이다.

두려움을 물리친다

두려움은 우리가 만든 허구에서 나온다. 「드라큘라」, 「뱀파이어」 같은 공포영화는 관객의 두려움을 오락화한 것이다.

영화 회사는 존재하지도 않는 상황을 보고 두려움에 떠는 인간들로부터 돈을 번다. 스크린으로 보는 영상만으로도 두려움을 갖는 사람들이 현실에서 두려운 상황을 만날 때는 얼마나 떨릴까 상상이 된다. 배짱 있는 사람들은 이런 영화는 절대 보지 않는다. 그들은 깊은 호흡을 할 뿐 별다른 사람이 아니다. 스스로 깊은 숨을 쉴지 말지, 떨지 말지를 결정해야 한다.

두려움을 이겨보려고 학문적으로 연구하고 분석해도 답은 나오지 않는다. 심리학까지 동원해서 답을 찾아보려 하지만 뚜렷한 방법은 없다. 심리학에 깊은 호흡이 배짱을 갖게 한다는 이론은 없기 때문이다.

두려움을 벗어나는 방법은 있다. 극단적 방법으로 자살이 있다. 인기가 걱정되는 연예인, 경쟁이나 왕따에 몰린 학생, 검찰조사에 지친 정치가나 기업인 등이 무모하게 택하는 방법이다.

자살은 심리학의 문제가 아니라 신체적 문제임은 이미 언급했다. 호흡이 아랫배에서 되지 못하고 가슴 위로 올라와 뇌에 산소가 결핍되면서 생각이 절박해지다가 행하는 극단적 선택인 것이다.

이때 솔로몬 왕이 말한 대로 "그럴 수도 있지... 이것 또한 지나갈 것이다This, too, shall pass away."라고 생각하면 호흡이 아랫배로 내려가면서 뇌에 산소가 다시 공급돼 극단적 행동은 제어된다. 우리는 괴로울 때 한숨을 쉰다. 순간적으로 깊은 호흡을 하는 것이다. 한숨은 큰 숨이란 말과 같다. 예컨대, 한강은 큰 강, 한길은 큰길이란 뜻과 같다.

현실에서 두려움과 결별하고자 한다면 종교를 믿으면 된다. 가장 강력한 방법은 스님처럼 속세를 떠나 산속으로 들어가 세상과 인연을 끊어버리면 된다. 사바세계와 인연을 끊고 무소유로 사는데 두려울 것은 없다. 아니면, 기독교식으로 세파 속에 살면서 하나님께 사탄을 막아달라고 기도 하는 것이다.

하루하루 벌어먹어야 하는 사람이 산속에 들어가거나 기도만 해서는 곤란하다. 보다 현실적인 두려움을 이기는 방법이 필요하다. 그것이 깊은 호흡, 즉 단전호흡이다.

성공한 사람은 두려워도 도전한다. 도전하기로 결심하면 심호흡이 되면서 생성된 기가 잠재력을 불러내 준다. 도전은 머리채가 잡혀 물속에 처박힌 것과 같은 절박한 상황이다. 두려워하거나 주저할 시간도 없다. 오직 머리를 제쳐야만 살 수 있다. 이때, 자신의 숨겨진 힘이 나온다. 누구나 그 힘을 가지고 있지만 도전하지 않아서 숨겨져 있을 뿐이다.

"아무것도 안하는 것은 그 일을 실행하여 실패하는 것보다 나쁘다"는 말이 있다. 두려움은 그대의 숨겨진 능력을 검증받아보라는 자극이다.

미국의 다국적 기업 3M은 실패를 두려워하면 혁신도 기할 수 없다는 것을 보여준다. 3M은 직원들이 실패의 두려움에 연연치 않고 도전해서 창의성을 발휘하도록 이끈 결과 기업 매출의 30% 정도가 개발 된지 4년 미만 제품에서 나왔다고 한다.

헬렌 켈러가 선물한 꿈

건강을 해치는 원인 가운데 하나는 자신을 비관하고 세상을 원망하는 것이다. 이는 기가 죽어서 생기는 현상이다. 이때 횡격막이 굳어지게 된다.

보지도 듣지도 말하지도 못하는 헬렌 켈러의 감동적 이야기가 자서전에 있다. 그녀는 하나님이 소원을 한 가지만 들어주신다면, "단 3일만 세상을 볼 수 있게 해달라고 간청하고 싶다"고 말했다.

그녀는 매일 다니던 산책길의 꽃과 풀, 나무들도 보고 사랑하는 주변 사람들의 생김새도 보고 싶었다. 우리가 보기에는 너무나 보잘 것 없는 소원이다.

나는 고엽제 휴유증으로 몸이 고통스럽게 되자 웅크리며 지냈다. 한번 창가에 앉으면 붙박이처럼 꼼짝 않고 온종일을 그 자세로 있었다. 살아있는 자가 그럴 수 있다는 게 내가 봐도 신통했다. 창밖을 내다보며 나도 저렇게 활보했으면 얼마나 좋을까 생각했다.

그러던 어느 날, 나는 헬렌 켈러의 소원을 읽고 너무나 넘치게 가졌다는 것을 깨달았다. 그러자 박탈감에서 벗어나야 한다는 충동이 일어났다.

나는 누구에게도 빚진 게 없는 사람이란 생각이 들었다. 동시에, "왜 내가 비관하고 있지?", "죄진 것도 없이, 왜 움츠리고 있지?" 반문했다. 내가 어디서 방탕하게 보낸 것도 아니다. 오히려 국가의 명령으로 전쟁터에도 다녀온 국가유공자이고 애국자다. 나는 지금 '내 권리'를 팽개치고 있다는 반작용이 솟아났다.

나는 집을 박차고 나와 매일 아침 서울의 북한산으로 출근했다. 처음에는 몇 백 미터도 걷기가 힘들었지만 군대에서처럼 이를 악물고 달려드니 다리에 힘이 생겼다. 수영도 하니 체력도 회복되는 것 같았다. 나는 어릴 때 서울 마포 한강에서 수영을 배워 실력이 있었다. 중학생 때에는 여의도 비행장까지 헤엄을 쳐서 강을 건너곤 했다.

해병대 소대장 시절에는 포항 앞바다에서 실시되는 전투수영 때마다 장거리 수영으로 이름을 날렸다. 전투수영은 짧게는 10분부터 1시간까지 거리의 바다에 설치한 부의를 돌아오는 훈련이다. 거리에 따라 급수가 정해진다. 군 작업복을 입은 채로 수영을 하는 때문에 체력과 수영실력이 동시에 강하지 못하면 파도치는 바다 속으로 딸려 들어가 죽기도 한다. 이런 실력이 새삼 살아난 것이다. 횡격막이 깊이 내려오기 시작했다.

나는 매일 2시간가량 걸려 북한산 백운대를 올라갔다. 정상인 해발 836m의 백운대에 올라 산봉우리들을 향해 "이 세상은 내세상이다!"라고 짐승처럼 울부짖었다. 뱃속에서 한을 토해내듯 괴성이 나왔다. 지칠 때까지 외쳤다. 깊은 호흡이 되었다. 굳어있던 횡격막이 풀어진 것이었다. 그리고 무언가 해야 한다는 결심이 섰다.

나를 믿고, 희망을 바라보니 가능성이 싹트기 시작했다. 돌연 내 갈 길道이 보였다. 그 길은 단전호흡이었다. 우연히 단전호흡도장에 가게 되었다. 하늘은 거저 길을 열어주지 않았다. 한 달 동안 피눈물 나게 백운대에 도전하니 새 길이 열린 것이다. 오래전부터 내가 사는 아파트에서 그리 멀지 않은 곳에 단전호흡도장이 있었는데 보이질 않았던 것이다.

눈앞의 아픔에 얽매여 있다 보니 길이 보이지 않은 것이다. 도전하면 새 길이 열린다는 것을 깨달았다. 나는 감사하며 단전호흡을 열심히 했더니 횡격막이 제 구실을 시작했다.

나는 어려서부터 공부만 잘하면 모든 게 잘 되는 줄로 알았다. 그렇게 믿고 열심히 공부했다. 그 결과 일류대학교도 들어갔다. 그러나 사회는 그렇지가 않았다. 하버드대학 졸업생 가운데 30%는 밥 먹는 게 어려울 정도라는 조사보고가 있다.

나는 꿈을 포기하지 않았더니 단전호흡도 배우게 되는 행운을 얻은 것이다. 그 결과 교수도 될 수 있었다. 단전호흡에 감사할 뿐이다.

단전호흡의 놀라운 생명력 회복

단전호흡이 좋다고 수련방법을 너무 자세히 설명하는 것은 부적절하다. 잘못 전달되면 오히려 몸을 망칠 수 있기 때문이다. 여러분이 직접 도장을 찾아가서 배우기 바란다. 도장을 오래 다녔다 해도 집에서 혼자 수련하는 것은 바람직하지 않다.

나 같은 고수도 반드시 도장에 나가서 수련하고 있다. 성경을 많이 읽고 전문가가 되었다 해도 교회에 나가 예배를 보지 않으면 신앙심이 자라지 않는 것과 같다.

단전호흡의 교육학적 수련법

교육학에서 잘 알려진 콜브Kolb 박사의 '학습의 4단계'라는 게 있다. 사람이 어떤 것을 배우는 데는 반드시 학습의 4단계를 거쳐서 배워야 완전히 마스터할 수 있다는 것이다. 단전호흡수련도 이러한 단계를 이해하고 행하면 효율적이 될 것이라 생각한다.

단전호흡수련을 자동차운전 배우는 것과 비교해서 단계별로 설명한다.

① '무의식의 무능력 단계'인데, 어떤 사람이 운전을 배우기 시작하면서 운전을 어떻게 하는지 그리고 무엇을 어떻게 해야 할지도

모르는 단계이다.

② '의식의 무능력단계'는 운전을 해보려고 교습도 받지만 운전면허 시험에서 번번이 떨어지는 미숙한 단계이다.

③ '의식의 능력단계'인데, 운전자는 운전면허도 땄고 운전할 줄도 알지만 모든 것을 기억과 생각에 의해서 행하는 것이다. 운전 초기에는 자기가 다닌 길의 모든 것들이 기억날 정도로 긴장하고 안전운전을 한다.

④ '무의식의 능력단계'에 이르면 운전자는 운전에 능숙해 도중에 핸드폰도 받고 라디오도 듣는 등의 행동을 하지만 예전보다 더 안전하게 목적지에 도착하며 자신이 운전 중 무엇을 보았는지 기억하지 못한다.

단전호흡도 어느 정도 수련하면 제4단계인 무의식의 능력단계에 도달하게 된다. 이 단계에 이르면 조신법과 조식법(호흡)을 어떻게 했는지 기억나지 않지만, 우리의 몸은 놀라울 정도로 건강해진다. 단전호흡 수련은 의식적이 아닌 무의식적이어야 된다. 보통 몇 년 정도 수련하면 무의식 단계에 도달할 수 있다. 그러나 열성만 있고 자기 수련이 부족하면 무의식의 단계에 도달할 수 없다.

자신의 생각과 판단에 따라 수련하면 둘째의 의식의 무능력단계에서 더 발전할 수 없게 된다. 이것은 어느 생물학자가

벼룩들을 작은 상자에 넣고 행한 실험결과를 보면 알 수 있다.

벼룩은 평소에 50cm 높이를 뛴다고 한다. 그런데 벼룩을 높이 15cm, 20cm, 30cm의 상자에 각각 넣고 한 시간 후에 꺼냈더니 자기가 들어있던 상자의 높이밖에 점프하지 못했다고 한다.

단전호흡수련도 사고의 틀에 가둬두면 그 이상의 진전을 할 수 없게 된다. 한 낮에 별이 빛난다고 멋있는 별이라고 생각하면 큰일이다. 그 별은 곧 떨어지거나 떨어지고 있는 별인 것이다. 별은 어두울 때 빛나게 돼있다. 단전호흡이 잘 안 되고 힘들더라도 이때 발전기회가 있다. 인내하고 수련하는 것이 힘들고 지치고 어렵지만 그러한 고난은 좌절이 아니라 무의식으로 진입하는 단계인 것이다.

무의식의 능력이란 뇌의 집중력이 최고일 때 나오는 현상이다. 근심과 두려움이 있으면 집중력은 나오지 않는다. 집중력은 뇌에서 알파파가 만들어 준다. 알파파는 마음이 편하고 기분이 즐거울 때 나온다. 항상 마음을 편하게 해줘야 한다.

무의식의 능력단계에서 행동하는 신체는 손이다. 피아니스트, 바이올리니스트, 탁구 선수, 골프 선수 등 예술가나 운동선수는 무아지경에서 손이 작동하는 것이다. 그러나 그들이 의식적으로 동작을 계획하고 한다면 무능하게 된다.

"머리가 나쁘면 손재주도 없다"는 옛말이 있다. 역설적으로 말해서 무의식의 능력을 높이려면 손가락을 많이 움직여야 한다(뒤의 인스턴트 기공수련 참조).

수련할 때 벼락치기로 하지 말고 조금씩 매일 꾸준히 하는 습관을 가져야 한다. 뇌는 몰아치기 사고보다 꾸준한 사고를 해야 더 많이 움직인다. 이런 습관이 몸에 배면 무의식의 능력이 나오고 스트레스란 말은 사라진다.

의식의 무능력단계에 있는 사람들은 갈등에 약해서 인터넷에 빠진 채 혼자만의 공간에서 살기 쉽다. 이런 사람들은 의사소통장애를 익명성으로 대신하며 비밀스런 만족감을 추구하게 된다. 또한 인터넷의 익명성을 바탕으로 공격적 언어와 행위를 자행하는 것은 제2단계에 머물러 있다는 증거다. 상자에서 나온 벼룩처럼 혼자만의 공간에서 사고하기 때문에 넓은 조직문화에 적응하기 힘들다.

이들은 절대로 심호흡을 하지 못한다. 그래서 어려운 일보다 쉬운 일을 좋아한다. 특히 도전성과 모험성이 부족하게 된다. 그런 대표적 현상이 요즘 청년들 가운데 군 입대를 어떻게든지 회피하려는 것을 들 수 있다. 그러나 이들은 잔인한 전쟁게임은 즐기며 며칠씩 밤을 새면서도 지칠 줄 모른다. 영원히 제2단계에 머물다 몸을 망치게 된다.

자율신경계 회복

고엽제의 다이옥신은 나의 자

율신경계를 손상시켰다. 다이옥신은 독성이 청산가리의 1만 배, 비소의 3천 배에 이르고 체내에 축적돼 수십 년 후에도 각종 암과 신경계 손상, 기형을 유발하고, 2세에게도 유전되는 죽음의 사자이다. 요즘 담배연기에서 다이옥신이 검출돼 금연 열풍이 불고 있다.

자율신경은 교감신경과 부교감신경으로 구성되어 모든 내장과 혈관에 분포해 있는데 소화, 순환, 호흡, 호르몬분비 등 생명유지에 필수적인 기능을 조절한다. 자율신경계가 손상되면서 정신과 육체에서 이상 현상이 나타난다.

자율신경계 기능 가운데 중요한 것으로 심장박동, 호흡, 눈의 깜박임, 위장과 대장의 연동작용, 혈관의 자동수축 등이 있는데 우리가 인위적으로 움직임 횟수를 조절할 수는 없다. 그런데 호흡만은 횟수를 조절할 수 있다.

생리학적으로 인간은 호흡을 1분에 16회씩 하고 있다. 단전호흡수련을 하면 1분에 1회 또는 몇 회로 줄일 수 있게 된다. 고수들은 3분에 1회 호흡도 한다. 해녀들은 보통 3분에 1회 호흡을 해서 81세가 넘어서도 젊은이처럼 물질을 한다.

단전호흡은 호흡횟수를 조절하기 때문에 자율신경계를 조절한다고 볼 수 있다. 자율신경계가 조절된다는 것은 매우 중요한 사실이다. 이것은 자연치유력을 회복하고 면역력을 생성해서 어떤 병도 낫게 할 수 있는 것이다. 나는 심호흡을 통해 호흡횟수를 조절해서 망가졌던 신경계를 회복하고 면역력을 얻어 건강하게 된 것이라고 확신한다.

심장의 휴식

나는 단전호흡을 약 40여 년 수련해서 지금은 1분에 1회씩 호흡을 하고 있다. 놀랍게도 1분 호흡을 하면 심장박동 수가 줄어드는 것을 느낀다. 평생 밤낮으로 열심히 뛰는 심장을 단 1분도 쉬게 할 수는 없지만 박동 수를 줄여서 쉬게는 할 수 있다.

어느 학자는 심장을 5분만 쉬게 할 수 있다면 수명을 50년 연장할 수 있다고 말했다. 그 5분의 휴식은 지친 심장을 새로운 심장으로 만들어 줄 것이라고 믿는다.

단전호흡이 심장박동 수를 줄인다는 학문적 연구들이 있다. 부산대학교 표내숙 교수팀은 단전호흡이 1분당 심장박동 수를 평균 11.7회 떨어뜨리고, 혈압을 7.4~8.5㎜Hg 저하시킨다고 발표했다.

연세대학교 이광호 교수팀은 단전호흡이 60세 이상 노인의 혈압과 콜레스테롤을 떨어뜨렸다고 보고했다. 경희대학교 현경선 교수와 연세대학교 이승범 교수 등은 공동실험으로 비슷한 결과를 발표하기도 했다.

이화여자대학교 이경혜 교수팀은 여성의 생리통, 부종, 안

면홍조 등 자율신경계 이상을 개선시킨다고 보고했다.

하버드대학 의과대학의 허버트 벤슨 교수는 1967년에 발표한 논문에서 단전호흡과 같은 기수련의 일종인 명상의 효과에 대해서 인체의 산소 소비량이 17% 감소하고, 심장박동 수가 1분에 3회까지 떨어지며, 수면 직전 증가하는 뇌의 세타(θ)파가 급증해서 마치 잠자는 것과 같은 상태에 빠진다고 주장했다.

원광대학교 생명공학 연구소는 단전호흡과 기공수련을 병행하면 다음과 같은 효과가 있다고 발표했다.

- 스트레스 억제 호르몬인 베타 엔도르핀이 약 2.3배 증가하며,
- 뇌 알파파가 증대하고 불안감이 감소하며,
- 갑상선 호르몬과 성장 호르몬 등 호르몬 체계의 균형이 회복되며,
- 노인들의 만성 통증과 고혈압, 우울증 등이 완화되며,
- 수련 4개월이 지나면 면역 담당 T림프구의 수가 약 1.6배 증가한다.

운동능력 향상

재미있는 것은 운동에서도 효과가 있음이 발견된 것이다. 부산대학교 조준호 교수는 운동능력과 단전호흡의 상관관계를 연구한 결과를 발표했다. 그

는 단전호흡이 골프 퍼팅능력, 양궁 슈팅 능력, 남자 중학생의 100m 달리기 능력을 향상시킨다고 보고했다.

나도 골프에서 큰 효과를 봤다. 단전호흡은 내공內攻인데 골프는 외공外攻이라 숨었던 병들을 치료해주기까지 했다. 외공으로 치니까 드라이버 비거리도 장타여서 단체경기에서 거의 롱게스트 상(장타 상)을 휩쓸었다.

가장 기억에 남는 것은 52세 때인 1992년 6월 15일 수원CC에서 한양대학교 총동문회가 주최한 '한양대학교 모교 교수 초청 친선골프대회'에서 장타 상을 탄 것이다.

골프장(수원CC) 전체를 전세 내서 동창회의 내로라하는 싱글골퍼들과 골프 치는 교수들(체육과교수 포함) 모두가 출전한 대회에서 내가 롱게스트 상을 받은 것이다. 골프장 직원이 정식으로 거리를 측정했는데 280야드라고 했다.

대회 간사가 나에게 비쩍 마른 작은 체구(58kg)에서 어떻게 장타가 나오는가 물었다. 나는 '기를 써서' 치기 때문이라고 답했다. 그러자 자기들은 체구도 큰데 왜 거리가 안 나냐고 물었다. 나는 '용을 써서' 치기 때문이라고 답해줬다. 모두가 크게 웃으며 고개를 끄덕였다. 실제로 우리는 평소에 용을 쓰고 살고 있다.

그 후 많은 분들이 어떻게 '기를 써서' 골프를 치는가 물어서, 2001년 12월에 『기 골프 건강법』과 2003년 12월에 『기 골프로 싱글되는 법』을 조선일보에서 출판하고, 한국경제신문에

「정기인의 기 골프」란 칼럼을 2002년부터 2년간 연재했고, 월간 〈골프다이제스트〉에 「정기인 교수의 마인드 골프」 칼럼을 2년간 연재했다.

고질적 변비의 치유

　　　　　　　치질 때문에 지긋지긋하게 피똥을 싸고 팬티에 피를 질질 흘리던 것이 단전호흡 1년 만에 싹 없어졌다. 약 20년 전에 시험 삼아 유명한 치질전문 병원에서 진단을 받아봤는데 당장 수술해야한다고 했다. 항문 속에 치질 큰 게 여럿 있다고 했다.

　그러나 나는 아무런 증상을 느끼지 않아 수술을 받지 않았는데 지금까지 잘 지내고 있다. 3번의 치질 수술을 받으며 얼마나 아픈지 잘 알기 때문이다.

　단전호흡을 하면서 아랫배에 압력이 생기고 고질적 변비도 해소됐다. 깊은 숨을 쉬면 뇌에 혈액이 잘 공급돼 머리의 정수리 앞쪽에 위치한 숨골(한의학의 전정혈)에 기가 공급된다. 숨골은 폐와 대장 및 항문과 연결돼 작용하기 때문에 변비가 없어지는데 작용을 한다.

　스트레스를 받으면 변이 굳어지거나 변비가 되는 것은 숨골이 긴장하면서 폐와 대장, 항문 역시 긴장하기 때문이다. 이때 깊은 숨을 쉬면 숨골에 신선한 산소와 혈액을 공급해서 스트레스를 해소하고 동시에 횡격막이 대장을 압박해서 쾌변을 볼 수 있게 된다.

변비와 숨골이 밀접하게 연관돼 있는 것은 인도의 요기인 마하리시 마헤시가 개발한 '초월명상Transcendental Meditation, TM'을 시행해보면 알 수 있다. 방법은 호흡을 내쉬고 마시면서 "음~~~" 소리를 자기만 들을 수 있게 반복하면 된다.

하루에 20분 정도씩 2번 행한다. 이때 "음~~~" 소리가 귀를 통해 숨골의 긴장을 풀어주고 깊은 호흡도 하게 해서 폐와 대장, 항문의 긴장도 풀어주어 변의를 느끼면서 대변이 나온다. 당장 변을 보고 싶은데 변의를 못 느끼는 경우는 양변기에 앉아서 약 10분 이상 "음~~" 소리를 내면 곧 변이 나온다. 시험 삼아 한번 시도해보면 놀랍게도 효험이 있을 것이다.

이와 관련해서 아주 우스운 해프닝이 있었다. 나는 교회에서 수십 명의 남녀 교수가 모이는 교수회에 참가하고 있었는데 여자교수들이 변비로 고통을 받고 있다는 얘기를 들었다. 나는 이들에게 양변기에 앉아서 "음~~" 소리를 10분 이상 내도록 가르쳐줬다.

그런데 다음 달 모임에서 40대 말의 독신 여교수가 "저는 화장실에서 팬티를 벗을 때마다 정기인 교수님 생각을 합니다"라고 말했다. 모두가 놀라면서 나를 쳐다보는 것이 아닌가! 나는 더 놀랐다.

나는 즉시 "김 교수님, 무슨 말을 그렇게 하세요!"라고 항의했다. 그러자 그 여교수가 답했다. "저는 변비로 고통 받았는데 변기에 앉을 때마다 정 교수님을 생각하며 '음~~소리'를 내서 지금은 많이 해소되었다는 사실을 말한 겁니다." 그러자 온통 웃음바다가 됐다.

명석한 두뇌

단전호흡은 좌뇌와 우뇌를 잘 활용하는 능력을 준다. 좌뇌와 우뇌를 균형 있게 전환시키는 것은 양쪽 뇌를 연결하는 교량인 뇌량腦梁이 한다. 이 뇌량의 역할을 강하게 하는 매체가 기이다. 또한 기는 중추신경을 통해 신체 모든 부위를 연결해주기도 한다.

나는 머리가 명석해지면서 책을 읽으면 몇 달이 지나도 어느 책 몇 페이지에 대략 어느 내용이 있다는 것이 바로 기억난다. 덕택에 책을 많이 읽고 글도 많이 쓰게 됐다. 교수로서 논문도 쓰고 책도 많이 출판했다. 덕택에 81세가 넘은 지금도 책을 쓰고 있다.

뇌는 매일 10만 개의 뇌세포가 죽어가는데도 이를 모르고 있다고 한다. 심지어 모든 뇌세포가 죽어 뇌사판정腦死判定을 받고 난 뒤에도 다른 기관들은 살아 있어서 장기이식이 가능하도록 조용히 죽어주는 순교자의 기능도 하고 있다. 기는 하루에 10만 개씩 뇌세포가 죽는 것을 줄여주는 역할도 한다.

140억 개나 되는 뇌세포의 80%는 잠자고 있다. 잠자는 뇌세포 중에서 하루에 10만 개가 죽으니까 기억력에는 아무 문제가 없을 것으로 생각하기 쉽다. 그러나 기억력은 뇌 속에서 반복적으로 새로운 패턴을 만들려는 활력이므로 뇌세포가 많이 살아있어야 좋다.

이화여자대학교 명예교수인 김재은 심리학박사는『기의 심리학』에서 "기는 사람의 마음과 행동에 영향을 미치는 데 사람의 뇌력惱力향상, 잠재력, 지능 및 기억력 향상과 기능의 증진은 물론 정서 안정, 집중력 향상, 성격 교정, 행동수정 등에 영향을 미친다"고 했다.

서양의 심리학자들은 심리학을 행동과학에 응용해 '산업심리학'이라는 새로운 현실적응現實適應 학문을 만들었으며, 이를 경영학이나 스포츠 등에 도입해서 일대 혁신을 일으켰다. 산업심리학은 경영학에서 인사관리, 마케팅, 조직관리, 생산관리, 리더십 등 관련되지 않는 곳이 없을 정도로 다양하게 영향을 끼치고 있다. 산업심리학에서 가장 중요시하는 인간의 심리적 동인도 김재은 박사가 말한 것처럼 기와 매우 흡사하다.

단전호흡은 내 몸속에서 다이옥신을 뽑아내지는 못했지만 기의 힘으로 증상의 발호를 막아내고 뇌와 신체의 건강을 회복시켜줬다. 놀라울 뿐이다.

우뇌를 깨워
평생일자리를 준다

일본의 의사 하루야마시게오 박사는 『뇌 내 혁명』에서 사람의 두뇌는 움직이면서 생각할 때 돌연 창의적 아이디어가 떠오른다고 한다. 움직이면 좌뇌가 억제되고 우뇌가 활성화 되면서 알파파가 나오기 때문이라고 한다. 이제부터 새벽에 단전호흡을 수련해서 우뇌를 깨우기 바란다. 결심만 남았다.

평생을 안정적으로 보내고 싶은 것은 인간의 기본심리이다. 이 때문에 사람들은 안정을 위해 스펙에 매달리고 있는지도 모른다. 그러나 환경은 너무 바뀌어 스펙의 장점은 사라져가고 있다. 스펙에 매달리다 일자리 못 구하는 엘리트들이 늘어나고 있다. 철 밥통이라 불리던 공무원 세계도 변화하고 있다.

나는 젊은이들이 기를 강화해서 정글시장에서 승부를 짓기 바란다. 적성이 정글시장에는 안 맞을지도 모른다. 그러나 사람은 원래 정글에서 살았다는 사실을 기억하라. 그곳에서는 우뇌를 많이 썼다. 문명이 발달해 움직임이 적어지면서 좌뇌를 더 쓰게 되고 도전의식과 관계능력이 약해진 것이다. 우뇌를 깨우면 된다. 단전호흡이 최고지만 조깅이나 운동 같은 것도 좋다.

정글에서의 생존법은 고단하다. 병사가 돼서는 안된다. 람

보와 같이 하루에 수 백리를 뛰고 공격해서 큰 전과를 얻어야 한다. 전사는 태생적으로 용감한 사람이 아니다. 많은 훈련으로 우뇌가 깨어나 배짱이 강해진 것이다. 그 결과 인내심, 위장술, 찬스 포착 등 꼼수도 익힌 것이다. 재벌그룹의 창업자들과 수많은 자수성가한 부자들, 벤처 기업가, 스포츠 선수, 연예인 등은 스펙으로 만들어진 게 아니다.

정글 시장에서는 처음에는 미미하지만 나중은 장대하게 된다. 성경에 "시작은 미미하나 끝은 장대하리라"는 구절이 있다. 미미하게 시작한 단전호흡으로 구멍가게 경영자가 대기업가도 될 수 있다.

강한 기로 두려움을 겁내지 말고 열정, 배짱, 뒷심으로 배수진을 쳐서 기회를 거머쥐어야 한다. 물론 실패한 사람들은 더 많다. 실패의 공식은 기가 약해 의심을 많이 하는데 있다.

정보화시대에는 좌뇌가 할 일을 컴퓨터 사무기기가 대신하고 있다. 때문에 스펙을 쌓은 좌뇌 사람들은 점점 어렵게 될 것이다. 아직 컴퓨터가 대체 못하는 감성적이고 창조적인 우뇌 일자리는 많이 있다. 김밥 장수 같은 우뇌 일자리는 정글 시장에 아직도 넘칠 정도로 많다.

조식폐지
1일 2식 요법

단전호흡을 수련하면서 좋은 변화를 체험했지만, 워낙 기초체력이 부족했던 나는 수련동료들과 비교해보니 효과가 적은 편이었다. 고심 하던 중 놀라운 새 방법을 얻게 되었다. 어느 날 서점에 들렀다가 일본의 니시무라 가츠오西村勝造(1884~1959) 박사가 쓴 『조식폐지 1일 2식 요법』이란 책을 샀다.(책명은 워낙 오래돼 명확히 기억나지 않지만 대략 기억을 더듬어 적은 것을 양해바란다.) 이 책이 또 하나의 기적을 안겨줬다. 이 책으로 인해 한국과 일본에는 현재 '니시 의학西醫學'이 널리 퍼져있다. 우리나라에는 '한일 니시 연구원', '니시 의학 건강운동원', '니시 의학 단식원' 등 니시 의학을 이용한 건강원들이 있고, 치과의사, 피부과 의사들도 니시 의학을 이용해서 치료하기도 하는 실정이다.

아침은 굶고 점심과 저녁만 먹는 2식 요법인데 지금까지 약

40여 년을 실천하고 있다. 저녁을 6시~8시 사이에 먹은 후 다음 날 12시까지 18시간을 매일 단식해야 한다는 것은 정말 힘들었다. 그러나 힘든 것보다 몇 배의 효과가 있었다.

1일 2식 방법

니시무라 박사는 아침은 굶고 점심과 저녁식사만 하라고 했다. 나는 수차례 며칠씩 굶는 단식을 했었기에 하루에 한 끼 굶는 것은 별로 힘들지 않겠다고 생각했다. 그러나 목숨 걸 정도로 힘들었다.

니시무라 박사는 아침, 점심, 저녁 가운데 저녁 굶는 것이 가장 좋지만, 아침 굶는 것이 쉬워서 이 방법을 추천했다. 그는 15명으로 3팀을 구성해 각 팀에게 아침, 점심, 저녁을 15일간 굶게 하고, 소변에서 노폐물 이 얼마나 배출되는지 측정했다.

3끼 먹은 경우를 0%라고 할 때, 아침 굶은 팀에서는 약 22%, 점심 굶은 팀에서 약 13%, 저녁 굶은 팀에서는 약 33%의 노폐물이 배출되었다. 저녁 굶는 게 노폐물을 가장 많이 배출해서 좋았다. 그러나 저녁은 회식이 많고 가족들이 모여서 함께 얘기도 하는 때문에 실천하기가 힘들었다.

아침을 굶고 물2컵을 마신다

니시무라 박사는 아침 굶는 게 쉽고 편해서 아침을 굶으라고 권한 것이다. 나도 그것이 편해 아침을 굶기 시작했다. 당장 다음날부터 아침을 굶었다.

- 아침에 일어나서 생수를 맥주잔으로 2컵 벌컥벌컥 마신다.
- 매 40분마다 4분의 1컵을 마신다.
- 점심 먹기 30분 전에 2컵을 또 마신다.
- 점심은 뜨거운 것과 매운 것, 단 것을 먹으면 안된다.
- 다시 40분마다 4분의 1컵씩 마신다.
- 저녁 먹기 30분 전에 2컵을 또 마신다.
- 다시 매 40분마다 4분의 1컵씩 마신다.
- 자기 30분 전에 2컵을 또 마신다.

이 지시에 따라 열심히 하는데 가장 힘든 것은 매일 깨자마자 생수(수돗물) 2컵을 단숨에 마시는 것과 점심과 저녁 식사 전에 2컵을 마시고, 오전, 오후 내내 간격을 두고 마시는 것이었다. 그 당시에 생수는 수돗물이었다. 목구멍이 찢어지듯이 아팠다. 한 달쯤 지나자 좀 덜 해졌다. 목구멍이 아픈 것쯤은 그간 겪은 고통에는 비할 바가 아니라 열심히 마셨다.

일주일 쯤 지나자 점심때까지 참기 어려울 정도로 배가 무척 고팠다. 배고픈 현상은 약 6개월 지나니까 거의 괜찮아졌다. 그 후부터 바로 옆에 앉은 사람이 아침식사를 해도 아무렇지도 않게 되었다. 위가 작아져서 배고픔을 덜 느끼게 된 것이다.

나는 조찬강연이 많았는데 식사는 안 하고 맹물만 마시니까 모두가 놀라며 까닭을 묻는데 일일이 답하는 게 힘들었다.

시작한 날부터 물을 많이 마신 만큼 소변을 자주 봤는데 오전에 나온 소변은 냄새가 지독했다. 노폐물이 나오기 때문이었다. 한 달 쯤 되니 냄새가 많이 없어졌다. 일 년쯤 지나서 오전 11시쯤 나오는 소변을 맛보니 생수 그대로였다. 그만큼 몸속이 깨끗해 진 것이다.

그런데 놀라운 일이 생겼다. 좀 지저분한 얘기지만 사실대로 말하는 것을 양해 바란다. 시작한지 이틀 뒤부터 변을 볼 때마다 팔뚝만큼 굵은 변이 엄청난 양이 쏟아져 양변기가 막혔다. 더 놀라운 것은 굵은 변이 매일같이 한 달 이상 계속 나왔다. 내 체중은 55kg정도로 비쩍 말랐는데 어디서 이처럼 많은 변이 숨어있었는지 놀라울 뿐이었다. 나는 단전호흡을 열심히 해서 변비가 없었는데도 이러했다.

한 달간 나온 변의 양을 합치면 체중 두 배인 100kg이 넘고도 남았으리라 생각된다. 세 달 정도 지나고부터는 하루는 소량, 다음 날에는 대량 나왔다. 지금도 계속되고 있다. 중요한 것은 물을 얼마나 정확히 먹느냐에 달려 있다. 자칫 잊어버리고 물을 적당히 마시는 경우 변이 거의 안 나왔다.

믿기지 않는 놀라운 효과

단전호흡으로 가벼워졌던 몸은 깃털처럼 더 가벼워지고, 기억력이 훨씬 더 좋아졌으며, 몸에 힘이 더해져서 행동도 민첩해졌고 성격도 차분해졌다. 그리고 체중이 늘면서 60kg이 되었다. 한 끼를 굶었는데 살이 찐 것이다. 비만인 사람은 체중이 엄청 감소되니 염려말기 바란다.

단전호흡으로 눈병이 좋아졌는데도 눈이 더 밝아지고 청력도 더 좋아졌다. 이전에는 눈에 파리똥 같은 게 떠돌아서 혼란했는데 싹 사라졌다. 지금도 대학병원 안과에서 검사를 받아보면 망막황반변성이 있어서 수술을 요한다고 말한다. 그러나 81세가 된 지금도 매일 2시간정도 독서하고 3시간 책을 쓰는데 아무런 지장이 없어서 무시하고 있다(몇 년 전에 베스트셀러인 『경제대왕 숙종』 상·하권을 집필하고 출판했을 정도).

가장 괴로웠던 치조농루가 완전히 없어졌다. 치아 잇몸에 틈이 생겨 흔들리고 노란 고름이 나오며 아파서 밥을 제대로 먹지 못하던 것이 씻은 듯이 나았다. 단전호흡하면서 많이 치유됐는데 1일 2식 하면서 100% 완치된 것이다.

노폐물이 문제인 것을 알게 됐다. 단전호흡과 1일 2식은 한 세트인 것 같다. 치아가 아픈 것은 정말 참기 힘들었다. 먹는 것도 괴롭고 심한 구취도 창피했는데 날아갈 듯 기뻤다.

위장에 문제가 생겼다

1일 2식에서 문제가 생겼다. 매일 밤마다 위가 쓰리고 통증이 너무 심해서 잠을 잘 수가 없었다. 나는 단전호흡 덕택에 베개에 머리만 대면 잠이 깊게 들었는데 통증 때문에 잠을 못 자니 걱정이었다. 병원에 가서 진찰 받았지만 원인불명이었다.

책을 다시 꺼내서 읽었다. 자세히 읽어보니 점심에 뜨거운 음식을 먹지 말라고 한 것을 지키지 않았기 때문인 것 같았다. 당장 점심에 뜨거운 식사를 피했더니 그날 밤부터 증상이 싹없어졌다.

나는 우리 신체의 신비한 기전작용에 감탄했다. 위장이 오전 내내 찬 생수가 들어오다가 갑자기 뜨거운 음식이 들어오니까 대비하지 못해 데인 것이다. 저녁에는 아무리 뜨거운 음식을 먹어도 아무렇지도 않은 것을 보니 더욱 신통하다는 생각이 들었다.

매일 저녁식사 후 다음날 12시까지 생수만 마시니 배가 무척 고픈데 뜨거운 것을 식혀서 먹는 게 힘들었다. 우리나라 점심 식사는 설렁탕, 곰탕, 순두부찌개, 칼국수, 된장찌개 등 뜨거운 국물이 있는 것들이다. 조금만 서둘러 먹어도 밤에 쓰라려서 깨곤 했다. 그래서 자장면, 비빔밥, 돈가스 등 뜨겁지 않은 것만 먹으려니 힘들었다.

아침을 굶다보니 일어나서부터 출근하기까지 시간이 엄청 많이 생겼다. 공부를 했더니 효과가 있었다. 아침마다 책을 읽고 원고지에 글을 쓰다 보니 책도 여러 권 펴냈다. 이를 두고 일석이조(돌 하나로 새 2마리 잡는다는 뜻)라고 말하는지 모르겠다.

5강

죽염 요법

전설로 전해온 죽염

앞에서 말했던 죽염에 관해 소개하고자 한다.

나는 죽염竹鹽을 먹고 많은 효과를 보았다. 죽염을 먹으면서 주변으로부터 가장 많이들은 말은 "의사가 소금은 해로우니 많이 먹지 말라고 했다"는 선의의 충고였다.

전에 유명한 건강관리 강사로 연세대 교수인 황수관 박사가 있었다. 그런데 그분은 연세대 강남세브란스 병원에서 급성 패혈증으로 사망했다. 향년 68세였다. 그는 평소 건강강연을 할 때 소금을 먹지 말라고 권했다고 한다. 소금은 많이 먹으면 해롭지만 너무 적게 먹어도 안 된다. 소금은 해독, 살균, 방부제 역할을 하는 것으로 알려져 있다.

소금은 해롭다?

나는 일반소금은 많이 먹으라고 권하지 않지만, 죽염은 많이 먹으라고 권한다. 죽염과 일반소금과는 다르다. 일반 소금은 나트륨 등이 많아서 해로운 것이다. 나는 수십 년 째 죽염을 하루에 커피스푼 반 스푼 분량만큼씩 5회 이상 먹고 있다.

소금은 염화나트륨NaCl으로 나트륨 40%, 염소 60%로 구성돼 있다. 그런데 나트륨이 몸에 해롭다고 한다. 나는 나트륨이 왜 몸에 나쁜지 여러 곳에 문의했는데 애매한 답변만 들었다. 어릴 적에 어른들한테 "공산당이 왜 나쁘냐"고 물었을 때 "빨갱이라 나쁘지!"라는 식이었다. 나는 나트륨이 왜 나쁜지 직접 찾아보기로 했다.

세계의 나트륨 관련 논문들을 뒤지다가 스웨덴의 한 해설을 읽게 되었다. "나트륨은 체내의 미네랄 중에서 가장 무거워 세포에서 다른 원소들을 밀어내고 들어앉는다"고 설명했다. 쉽게 이해가 됐다. 혈액세포에 나트륨만 가득차면 변이를 일으켜 고혈압, 심장질환, 뇌졸 증을 일으킬 수 있다.

죽염은 900~1,600℃ 고열에서 9번을 굽는 동안 나트륨 구조가 가벼워져서 부작용이 없게 되는 것이라고 추정된다. 내가 수십 년을 엄청 많이 먹었지만 나트륨으로 인한 어떤 문제도 없었다.

신문에서 미국의 한 고혈압학회 회장이 "50대 이후에는 소금을 많이 먹어야 고혈압을 예방할 수 있다"고 발표한 것을 소개한 적이 있다. 이것은 일반 소금을 말한 것인데 죽염을 먹으면 더 좋을 것이라고 생각한다.

소금이 알고 싶다

　　　　　　　　우리나라는 1907년에 처음으로 천일염을 생산하기 시작했는데 이때부터 수명이 획기적으로 늘어나기 시작했다고 한다. 1912년 우리나라 총 인구는 1,200만 명이고 평균수명은 28세였다. 그런데 천일염 생산이 대폭 늘면서 평균수명도 기하급수적으로 늘어났다고 한다.

　　천일염을 생산하기 시작한지 불과 40년이 지난 1948년에는 평균수명이 48세로 20년이 늘어났으며 인구는 3,000만 명으로 두 배 반이 늘어났다고 한다. 소금은 단순한 양념이 아니라 약물이라고 할 수 있다.

　　지구의 70%인 바다는 0.9%의 소금물이고, 인체에서 70%인 혈액은 0.9%의 소금으로 돼있다. 응급환자에게 놓는 링거 주사는 0.9%의 소금물이다. 이 0.9%의 식염수를 신체의 혈관에 주입해서 혈액의 염도를 0.9%로 복원해주면 위험한 환자도 살아나는 것이다.

　　사람의 병은 대개가 세균성인데 소금이 인체에서 방부제

역할을 한다. 따라서 인체에 염도가 부족하면 몸이 썩는다. 각종 염증과 아토피, 무좀, 류마티스 등은 염도 부족으로 세균이 번식해서 생긴 것이다. 우리 생활에서 방부제 역할을 하는 것으로 소금, 설탕, 알코올이 있다. 우리는 몸을 소금으로 절이고, 빵은 설탕에 절이며, 염증부위는 알코올로 절여서 부패를 막고 있다. 배추와 생선 등 음식도 소금에 절이면 상하지 않는다. 그러나 소금으로 인체 전체를 너무 절이면 이상이 생긴다. 죽염은 그렇지 않다.

암세포의 천적인 햇빛, 물, 소금, 비타민C 등이 염증을 막아 암을 예방한다. 몸에 염증을 느끼는 사람 중에는 알코올을 마시면 좋아지는 경우가 있다. 그러나 많이 마시는 경우 알코올 중독에 걸릴 위험이 있다. 알코올 중독자들은 염증 때문에 목숨을 걸고 마신다고 보면 된다. 알코올 중독자에게 죽염을 먹였더니 신기하게도 중독에서 벗어나는 사례가 보고되기도 했다. 염증이 약해졌기 때문에 알코올을 줄일 수 있게 된 것이라고 추측한다.

천일염의 여러 역할을 요약한다.

- 소화, 해독, 살균, 방부, 노폐물 제거, 삼투압, 심장박동, 해열, 물 배출.
- 맛(입), 냄새(코), 소리(귀), 구경(눈) 등. 특히 소금은 신장 기능

을 강화하는 데 신장은 귀의 성능을 좋게 한다.

- 물이 내 몸에서 나갈 때는 소금이 없으면 단 한 방울도 나갈 수 없다.
- 눈물, 콧물, 침, 땀, 소변, 대변, 생리수, 양수 등 몸에서 나가는 모든 물은 짠물이다.
- 암, 고혈압, 당뇨, 백혈병, 뇌혈관 질환, 심혈관질환 같은 병으로 죽거나 고생하는 사람들은 소금을 너무 먹지 않았기 때문이다.
- 땀을 많이 흘리는 여름철에는 소금을 더 많이 먹어야 한다. 땀으로 많은 염분이 소모되기 때문이다. 특히 여름에 골프 칠 때는 꼭 먹어야 한다.
- 따라서 저염 식사하는 사람이 한증막이나 사우나 같은 곳에서 땀을 **빼는** 행위는 자살행위이다.
- 바다가 수십 억 년이 지나도 썩지 않는 것은 염분과 파도 때문이다.
- 사람은 적당량의 염분섭취와 운동만 하면 건강을 지킬 수 있다.

소금은 우리 몸에서 이렇게 중요한 역할을 하는 고마운 물질이지만, 일반 소금은 해로우니 죽염을 먹기 바란다. 소금에 대한 억측을 씌워 못 먹게 해서 병원마다 염분 부족으로 인한 환자들로 초만원을 이루고 있으니 참으로 안타까운 일이다.

소금과 죽염

이상에서 말한 소금은 천일염을 일컫는 것이다. 요즘 의학계에서는 소금을 많이 먹으면 해롭다고 말하고 있다. 맞는 말이다.

소금은 황산마그네슘(사리염)과 칼륨이라는 산화물질인 독극물을 포함하고 있다. 바다 소금을 프라이팬에 볶아보면 냄새 지독한 가스가 배출된다. 이것이 체내에 들어가면 독가스로 맹독 작용을 하는 것이다.

소금에는 오염된 갯벌에서 온갖 불순 미네랄들이 달라붙어있는데 이것들이 체내에 들어가면 혈관을 막고 결석 같은 고형체의 이물질로 쌓이게 된다.

다음에 소개하는 죽염제조법에서 설명하겠지만, 죽염은 소금에 붙어있는 오염된 이물질들을 900도의 고온으로 9차례나 태워버리기 때문에 소금 본연의 좋은 점만 살린 것이라고 말할 수 있다. 나는 의학자는 아니지만 죽염을 수십 년간 먹었으나 별다른 폐해가 없었기에 소개하고자 한다.

죽염은 많이 먹더라도 중독은 불가능하다. 만약 죽염을 많이 먹은 경우는 목이 말라 물을 마셔 희석시키기 때문에 몸은 항상 0.9%의 염도를 유지하게 된다. 염도가 0.9% 돼야 과잉 섭취된 당분이나 지방, 단백질 등 우리 몸에서 발생하는 노폐물과 요독을 소변과 대변, 땀으로 배출할 수 있기 때문에 염도가 부족하면 안된다.

요즘 코로나19에 걸리는 사람의 혈중 염도는 0.8%이하라는 글이 있기도 하다. 코로나19는 0.9%의 혈중 염도를 유지하면 힘을 발휘하지 못하고 소멸된다고 한다.

죽염을 먹은 후 목이 마르다고 물을 많이 마시면 심장에 부담이 된다. 죽염을 먹은 후에는 물을 두 모금씩 20분 간격으로 마시면 혈액의 염도는 심장에 부담 없이 0.9%로 유지하게 된다.

죽염 제조법

밑이 막힌 대나무 통에 천일염을 채우고 황토로 막은 후 소나무 장작불로 만든 900도의 가마 속에 넣어 구우면 대나무진이 천일염과 엉킨 소금 덩어리가 된다. 이것을 빻아 다시 대나무 통에 넣어 굽기를 8번 하고, 9번째는 1,700도 이상의 고열로 용융시킨다.

이것을 식히면 덩어리가 되는데 이것을 죽염이라고 한다. 이 덩어리를 분쇄하여 가루나 과립 등으로 만들어 판매한다.

죽염제조과정에서 가마 속 불이 불완전 연소될 경우 다이옥신 등의 독소가 발생할 수 있다. 2002년에 식약청의 조사결과 일부 회사 죽염에서 기준치 이상의 다이옥신이 함유된 것이 밝혀져 '죽염 파동'이 발생했다. 이후, 식약청은 죽염에 대해 '죽염 및 구운 소금 안전관리대책'을 발표하였으며, 죽염에 허용되는 다이옥신 잔류 량의 수준을 제시했다.

죽염 복용법

나는 나름대로의 방법으로 죽염을 복용하고 있다. 아침에 깨면 생수를 2컵 마신 후 약 30분 이상 지난 뒤에 죽염을 티스푼 반 정도 양을 먹는다. 오전에 2회, 오후에 2회, 저녁 식사 후 2회 정도 먹는다. 그러나 생수와 간격을 두고 먹어야 한다. 그래야 심장에 부담 없이 혈중 염도가 0.9%로 유지된다. 나는 휴대용 용기에 죽염을 가지고 다닌다.

죽염을 먹고 바로 생수를 많이 마셨다가 혼난 적이 있다. 혈관에 죽염수가 대량 들어와 심장을 압박해서 터질 듯이 고통을 받았다. 죽염을 먹은 후 바로 물을 많이 마시면 안된다. 한 두 모금 마시는 것은 괜찮다.

죽염을 먹으면서 좋은 효과로 여러 가지를 들 수 있지만 대략 경험한 바에 따라 중요한 것들만 요약하면 아래와 같다.

① 피곤한 것이 줄어들었다. 여름에 노곤하고 맥을 못 추는 것은 혈관에 염분이 부족하기 때문이다. 여름에 골프장에서는 그늘 집마다 소금태블릿을 준비해 놓고 있는데 이는 더위에 골퍼가 쓰러지는 것을 예방하기 위한 것이다. 한 여름에 골프장에서 심장 쇼크로 사망하는 골퍼들이 제법 있다고 한다.

② 식욕이 좋아졌다. 알려진 대로 소금은 소화력을 돕는다.

③ 감기에 잘 걸리지 않았다. 감기바이러스는 요즘 유명한 코로나바이러스의 한 종류인데 소금에는 힘을 발휘하지 못하는 것 같았다. 어쩌다 감기에 걸리더라도 타이레놀을 한 알 먹고 자고나면 거뜬히 좋아졌다. 현재 코로나19도 죽염을 먹으면 맹위를 떨치지 못할 것이라고 확신한다.

신문과 TV를 보면 70대 이상 노약자가 코로나19에서 발병률과 사망률이 젊은이들보다 몇 배가 된다고 하는데 이는 나이가 들면 체내에 염도가 약해지는 때문이라고 생각한다. 바로 내가 해당돼 전보다 더 열심히 먹고 있다. 나는 이 책이 출판될 때까지 발병하지 않을 것이라 믿고 죽염을 열심히 먹으며 원고를 쓰고 있다.

④ 무좀이 거의 나았다. 베트남전쟁 참전자들이 가장 고통을 느끼는 것은 지긋지긋한 무좀이다. 질퍽한 정글 속에서 군화를 신고 살다보니 무좀이 심할 수밖에 없다. 좋다는 약을 다 발라도 별 효과가 없다. 아프고 가렵고 역겨운 냄새도 가관이지만, 발바닥에서 각질이 수시로 떨어져 집안에서 내가 걸어 다닌 곳은 곧 알 수 있을 정도였다.

한번은 병원에서 복용하는 무좀약을 처방해줘서 먹었는데 효과가 있었다. 그런데 간에 이상이 생겨서 죽을 뻔했었다. 약이 너무 독해서 간에 손상을 줬다고 했다. 나는 간경화 환자인데도 모르고 처방해줬던 것이다.

정말 감사하게도 죽염은 간도 손상시키지 않으면서 무좀균을 절여서 활동력을 약하게 해줬다. 소금이 균이나 바이러스를 죽일 수는 없어서 무좀을 뿌리 뽑지는 못하지만 별로 고통을 못 느끼니 감사할 뿐이다.

⑤ 머리털과 눈썹 등이 다시 났다. 노화는 못 막는다고 나이 들면

서 머리털과 눈썹, 치모, 항문의 털이 빠져 사람모습을 잃는 것은 당연하다. 헌데 나는 81세인 지금 이런 털들이 가득하다. 오히려 젊었을 때보다 더 가득하다. 나는 젊었을 때 고엽제 때문에 털들이 거의 빠졌었다.

앞에서 말했듯이 고엽제는 내 몸의 털을 모조리 뽑아버렸다. 고엽제는 제초제와 같은 성분이 있어서 털들을 잡초로 안 모양이다. 심지어 솜털까지도 뽑아버렸다. 지금 이 털들이 다시 가득하게 된 것은 단전호흡과 1일 2식, 죽염의 효과로 생각하고 있다. 죽염의 효과가 좀 더 있는 것으로 생각한다. 나와 단전호흡을 오랫동안 같이 수련하는 사람 중에 머리털이 많이 빠진 경우가 있는데 이들은 죽염을 먹고 있지 않기에 그렇게 생각한다.

⑥ 변비가 해소되었다. 나이 들면서 가장 고통스런 것은 대소변이 신통치 못하게 되는 것이다. 노폐물 배출이 신통치 못하면 신체에 독소가 늘고 건강에 해로운 것은 당연하다. 나이가 들면 몸에서 염분이 줄어든다. 소금은 삼투압 작용이 강해서 몸에서 수분을 배출하는 기능을 하는데, 맹물로 들어온 것은 염분이 없으면 삼투압작용을 못해 한 방울도 배출되지 못한다.

피, 눈물, 침, 땀, 소변, 대변, 생리수까지도 염분이 있어야 제 기능을 하고 역할을 다하면 염분의 삼투압작용으로 몸 밖으로 나간다. 대소변이 신통치 못한 것은 염분부족 때문이다. 죽염을 먹으면 노화하면서 염분이 부족하게 되는 것을 보충해준다.

심장은 소금창고

소금과 심장 관계가 신기하게 생각돼 연구해봤다. 소금이 혈압과 심장에 어떤 영향을 주는가를 골몰하다가 답이 떠올랐다.

심장은 우리말로 '염통'이라고 부른다. 나는 심장을 "왜 염통이라고 불렀을까" 생각하다가 문득 염통은 한문으로 소금 염鹽자와 대통 통筒자로 풀이할 수 있지 않을까 추정해 보았다. 즉 염통은 '소금 통'이라고 할 수 있다.

한의학 음양오행에서 심장은 화火로 열성이고, 소금은 물水로 냉성이라고 한다. 심장은 1년 365일, 24시간을 쉬지 않고 박동하므로 많은 열火이 발생하는데 식히려면 물이 필요하다. 그런데 심장에 대량의 물을 공급하기는 힘들다. 바로 소금이 심장에서 대량의 물 역할을 한다. 이 때문에 심장에는 항상 염분이 필요한 것이다.

어릴 때 코를 흘리다가 맛을 본적이 있을 것이다. 나는 매우 짰다고 기억한다. 어릴 때는 신체에 염분이 많아 심장에 힘이 있어서 쉬지 않고 뛰어다닐 수 있었다. 나이가 들면 몸에서 염분이 줄어들어 심장의 열을 식히는 작용이 약해져서 행동이 둔해지고 심장질환, 고혈압 등 순환기장애가 생기게 된다.

미국 고혈압학회장 주장대로 50대 이후에는 짜게 먹어야 심장이 제 기능을 할 수 있는 것이다. 그러나 나트륨이 많은 소금은 해로 우니까 죽염을 먹어야한다. 내가 죽염을 처음 먹기 시작한 때 나이가 48세였으니 제대로 효과를 본 것이다.

나는 장시간 운전으로 졸음이 오려고 할 때, 까닭 없이 피곤할 때는 죽염을 먹으면 다소 해소되는 것을 느꼈다. 그러나 과신해서는 안된다. 졸리면 휴게소에서 잘 것을 권한다. 내가 나이 81세에도 활발히 움직일 수 있는 것은 기와 단식, 죽염 덕택이라고 생각된다.

죽염을 처음 먹기 시작한 때는 1988년으로 기억된다. 처음 먹은 그날부터 몸에 힘이 나고 덜 피곤한 것을 느끼면서 마니아가 됐다. 여기서도 문제는 죽염을 먹으면 정력이 세지는 것이다. 정력은 신장腎臟에서 나온다. 신장은 오행에서 물水이다. 소금水이 신장을 강하게 하는 것이다.

나는 처음에 변산의 개암사에서 제조·판매하는 것을 먹었다. 약 5년 후에 인산 김일훈 선생이 개발한 인산죽염으로 바꿔 먹고 있다.

죽염은 단군시대부터의 비방이라는 설이 있다. 근래에 죽염을 유행시킨 분은 전라북도 무형문화재 23호 죽염제조장인 개암사의 허재근 전 주지스님이 비법을 전수받아 재현하면서라고 한다. 그러나 현대적 죽염제조법을 발명하여 보급한 사람은 인산仁山 김일훈金一勳(1909~1992) 선생으로 알려져 있다.

기氣 다이어트의
실제

기는 비만도 바로 잡는다

비만의 정의

　　얼마 전에 다이어트를 하다가 죽은 여성에 관한 신문기사가 관심을 끈 적이 있다. 체중이 49kg인데 자신은 뚱뚱하다고 여기고 열심히 다이어트를 했다는 것이다. 실제로 통계에 의하면 여성들은 체중이 45kg을 넘으면 비만으로 생각하고 있다는 것이다.

　비만이란 말이 너무나 난무하는데 비해 비만에 대한 개념은 황당할 정도로 잘 못 알려져 있다. 체중이 많이 나간다고 해서 모두가 비만은 아니다. 마찬가지로 말랐다고 비만이 아니라고 할 수도 없다. 말랐더라도 대장에 비만이 있어 병자가 된 경우도 많다.

비만 증상들은 수술이나 긴급을 요하는 것은 하나도 없다. 의사가 고쳐야 할 대상이 아니다. 자기의 일관된 '믿음'이 있으면 고칠 수 있는 것들이다. 병 증상 가운데 의사가 환부를 도려내야 하는 것을 제외하고는 자신의 믿음과 집념으로 고칠 수 있는 것들이다.

그런데 비만증 환자가 운동이나 단전호흡수련을 하려는 의지는 없이 병원에서 고쳐보려고 한다면 인간에게 주어진 자연치유력은 발휘되지 않고 비만은 점점 깊어진다. 만약 병원에서 비만을 개선했다고 하더라도 곧 재발되는 요요 현상을 겪게 된다.

비만은 병이 아니고 '기氣가 막혀' 생긴 것들이다. 따라서 기를 운행시키면 쉽게 고칠 수 있다. 나는 기수련을 통해 지금은 68kg의 알맞은 체중을 유지하고 있다.

기 다이어트

나는 비만대책으로 '기 다이어트'를 권한다. 다이어트에는 여러 방법이 있지만 요요현상이 일어나지 않아야 하는 때문에 기 다이어트가 좋다.

기는 응축하는 성질이 있다. 누구나 몸속에 기가 꽉 차기만 하면 몸의 세포와 기관들이 단단히 응축하게 돼 몸이 단단해진다. 예전의 도인道人들이 체격은 가냘프면서 가벼운 몸과 강한 정신력을 가질 수 있었던 것도 기의 응축하는 성질 때문이다.

비만은 나이와도 상관있다. 나이 들면 기의 보편적 형태인 물기水氣가 마르게 된다. 입속의 침이 마르고 소변양이 줄어들며 손끝은 까칠까칠해지고 피부가 건조해 진다. 이것은 기가 약해져 세포가 느슨해졌다는 신호이다.

소식을 하면서 죽염을 먹고 적당한 양의 물을 한두 시간 간격을 두고 마시면 기의 응축력으로 뼈와 근육이 단단해지며 살이 빠지게 된다. 이것이 가장 쉬운 기 다이어트이다. 걷기와 운동까지 한다면 좋은 기 다이어트가 된다.

기 다이어트를 위한 기 호흡법을 소개한다. 단전호흡을 배우지 않은 사람도 쉽게 할 수 있는 방법을 소개한다.

① 식사 후 2시간 지난 뒤 또는 식사 전 1시간 전에 심호흡을 한다. 천천히 호흡하는 게 비결이다. 식후 2시간 내에 하면 안된다. 하루에 3회정도하면 된다.

② 숨을 들이마시는데 배꼽이 불룩 나오도록 한다. 자연스럽게 마셔야하며 힘을 주어 강제로 마시면 안된다.

③ 숨을 내쉴 때 배꼽이 등골에 끌려 들어가듯이 밀어준다. 이때도 힘을 줘서는 안된다. 힘을 빼고 아주 천천히 내쉬면 차츰 배꼽이 등골 가까이 닿게 된다.

④ 한번에 10분~20분 정도 매일 하면 허리가 가늘어지고 변비도 없어진다. 당연히 피부도 고와진다.

소식小食은 여러 방법이 있다. 나는 조식폐지 1일 2식을 권한다. 하루 세끼를 소식하기는 힘들다. 나도 몇 번 시도했지만 가족생일, 회식, 축하모임 등으로 소식이 힘들어 포기했었다. 그러나 1일2식을 하면 어떤 모임에 가서 과식을 하더라도 다음 날 아침을 굶으니까 큰 영향이 없었다.

우리가 과식을 하면 숨을 헐떡이는데 이는 위장이 꽉 차면서 횡격막을 치받혀 호흡이 깊게 되지 않는 현상이다. 특히 나이가 들면 절대적으로 소식을 해서 호흡을 아랫배로 떨어뜨려야 한다.

과식을 하면 호흡이 가슴으로 올라가 비만이 된다는 사실을 명심하기 바란다. 기 다이어트는 배꼽호흡을 반복하면 효과가 있다는 것을 유념하고 식사의 절제와 물마시기를 병행하면 더 좋다. 단전호흡을 한다면 금상첨화이다.

소식의 새로운 정의

다소 중복되지만 소식의 정의를 다시 하고 보자. 소식은 음식을 조금 먹는 것을 뜻하는 게 아니다. 조금을 먹어도 위장에서 중량감을 느끼면 소식이 아니다. 소식은 위장에 중량감을 주지 않을 만한 무게의 음식이 채워진 상태를 말한다. 위장에 무게를 주는 음식으로 밥, 반찬, 국, 찌개, 고기, 물 등을 들 수 있다.

이 가운데 수분이 많은 음식이 문제다. 밥을 조금 먹었더라도 국이나 물을 많이 먹으면 무게는 많게 된다. 물은 무거운 것에 속한다. 위에 들어간 총량이 무거우면 과식이 된다. 그러나 밥만 많이 먹는 경우 밥은 가볍기 때문에 총중량은 과식이 아니다. 음식물 총량무게가 적어야 소식이다.

위장은 몸의 중심으로 간장, 심장, 신장, 폐장에 에너지를 공급한다. 따라서 위장은 항상 온기로 끓고 있어야 한다. 위장은 식도에 매달려 있기 때문에 하중을 많이 받으면 밑으로 처지며 냉기가 생긴다.

위장은 상하 연동운동을 1분에 4번씩 하는데 아래로 처지면 연동운동이 3번 정도로 줄어 소화기능이 저하되고 그 영향은 심장, 간장, 비장, 신장, 뇌 등 타 장기들에게 전가된다. 이것이 비만, 당뇨, 고혈압, 두통, 암의 원인이 된다.

과식의 신개념

소식에서 언급했듯이 과식에 대해서도 오해가 있다. 밥은 적게 먹지만 국이나 찌개 그리고 식후 바로 물이나 커피, 음료수 등의 수분을 마신다면 위장은 중량을 느낀다. 그러면 과식이 된다.

　몇 년 전 미국 시카고 대학의 한 연구팀이 발표한 다이어트 책이 베스트셀러가 된 적이 있다. 그 방법은 식사 전 90분 내에는 절대로 물을 마시지 말고 식사 후 90분이 지난 다음 물을 듬뿍 마시라는 것이었다. 최근에는 커피는 식 후 1시간 후에 마셔야 좋다는 논문이 큰 반향을 일으키기도 했다. 커피를 식후 즉시 마시는 경우 철분과 미네랄 등이 흡수되지 않기 때문이라는 것이다.

　이들은 화학적 영향에 대해 분석한 것이었다. 나는 이들의 그러한 분석방법도 위장의 한계중량을 지키는 방법이라고 생각한다. 식 후 90분이 되면 위장의 음식이 소장으로 거의 내려갔을 시점이므로 무거운 물이 들어가도 위장에는 부담을 주지 않게 된다.

위장의 한계중량

　　　　　소식에서 위장의 한계중량은 매우 중요하다. 위장은 음양으로 볼 때 땅±으로 본다. 땅은 차갑기 때문에 온기를 필요로 한다. 그런데 국이나 찌개는 비록 뜨겁다 해도 물, 음료수, 술과 같은 수분으로 음성이기 때문에 무겁고 차가운 성질을 가지고 있다.

　물은 항상 무거워서 땅속으로 흘러 내려가는 성질을 가지고 있다. 위장에 수분이 많이 차면 아래로 처지고 차갑게 된다. 수분을 조금만 섭취했다 해도 그 무거운 성분과 음성은 위장을 냉기로 차갑게 하고 처지게 한다.

수분은 밥의 양성을 냉기로 뒤덮고 한계중량도 초과하게 한다. 중량이 초과되면 위장이 아래로 처져 간장과 맞닿게 된다. 이때 차가워진 위장은 간장의 열기를 뺏어가게 된다.

다시말하지만, 허준의 동의보감에 의하면 위장은 오장육부의 대장장기로서 자신을 따뜻하게 보존하기 위해 다른 장부의 열이라도 빼앗는다고 한다. 이 때문에 간장의 기능이 저하되고 지방분해가 잘 안 돼 피하에 축적되게 된다. 이것이 지방간과 비만의 원인이 되는 것이다.

술을 먹으면 간장이 나빠지는 까닭은 위장이 간장의 온기를 뺏어가기 때문이다. 술은 물보다 훨씬 냉기가 강하다.

음양오행으로 볼 때 간장은 나무木로, 위장은 땅土으로 본다. 나무는 땅이 따뜻해야 온기를 받아 잘 자란다. 추운 겨울에는 땅이 얼어붙어 자라지 못하다가 봄이 되어 땅속에 햇볕이 스며들면 온기를 받은 뿌리가 뻗어 나오듯이 위장土의 온기가 강해야 간장木의 기운이 소생하게 되는데 술이 위장을 차갑게 해서 오히려 간의 온기를 뺏는다면 병이 될 수밖에 없을 것이다.

한계중량을 지키면 위장의 온기가 소화력을 강하게 하고

간기능을 활발하게 해서 많은 에너지氣를 온몸으로 공급하게 된다. 그 결과 아래와 같은 신체반응이 나타난다.

- 호흡이 깊이 되면서 중심이 단전으로 떨어지고,
- 위장에 따뜻한 온기를 보존할 수 있어서 소화력이 높아지며,
- 기의 응축력으로 근육과 피부가 단단해 지고,
- 마음이 편해져서 스트레스에도 강하게 되며,
- 충동적 식사 버릇이 없어지고 비만도 해소된다.

체중 관리의 비결

뉴턴의 체중관리법

기의 힘으로 건강은 물론 비만도 관리할 수 있음을 뉴턴의 법칙으로 증명해 보자.

[뉴턴의 제2법칙]

힘 = 질량 × 가속도

이를 사람의 신체에 대입하면 힘氣은 질량(체중)에 가속도가 붙을 때 더 강해진다는 뜻이 된다. "체중이 단단할수록 가속도가 커지면서 힘이 세 진다. 그러나 비만하면 가속도가 붙지 않아 힘이 약해진다"고 설명할 수 있다.

비만자들이 쉽게 피로하고 잠을 많이 자서 능률이 뒤처지는 이치를 쉽게 알 수 있을 것이다. 그뿐만 아니라 끈기根氣도 없게 된다. 식사를 조절해서 가속도를 늘이도록 해야 한다.

보약 등은 알맞게 먹으면 좋다. 많이 먹으면 안 좋다. 보약을 너무 많이 먹어 멍청해진 아이들이 있다는 사실을 기억하라. 보약은 알맞게 먹고 체중을 조절해서 '가속도'가 생기도록 해야 한다.

밥맛이 없어 간혹 굶거나 식사를 안 하게 되는 것은 자기

조율을 위한 것이다. 사람들이 수도하는 데 단식을 하는 이유가 여기에 있다. 단식 중에는 의외로 강한 힘氣이 솟아나고 정신력이 맑아져서 수도효과가 높아진다. 이는 질량의 강화를 통해 가속도가 나도록 하는 원리라고 할 수 있다.

교회에서 기도원을 운영하면서 실제로는 기도보다는 단식을 유도하는 것도 그 까닭이다. 단식은 몸속에 잠재된 면역력을 불러일으킨다. 개는 다쳤을 경우 무조건 며칠간 굶는다. 이때 면역력이 나오면서 자연치유 되게 된다.

질량을 줄인다고 강제로 굶는 경우 공포감을 주게 된다. 사람은 먹어야 산다는 본능을 가지고 있어서 굶는 경우 죽음에 대한 공포감을 느끼게 된다.

따라서 억지로 굶는 것보다 적당량을 먹으며 운동이나 기수련을 통해 실행하는 게 바람직하다.

단식과 보식

'기가 막혀 죽는 경우'의 예를 한번 더 강조한다. 승려들 가운데 도력을 높이기 위해 단식을 하다가 죽는 경우가 있다. 단식을 1~2주하는 경우 보식 기간도 1~2주가 돼야 하는데 보식 기간에 폭발하는 식욕을 참지 못하고 과식을 하다가 죽게 되는 것이다.

단식 중에는 물만 마셨기 때문에 위장은 차갑게 되고 연동작용도 멈추게 된다. 따라서 단식을 끝내고 보식을 하는 기간에 과식을 하면 위장에 온기가 거의 없고 연동작용도 없기 때문에 소화가 전혀 안된다.

소화가 안 되면 위장이 부풀어서 횡격막이 움직이지 않게 돼 호흡은 목숨을 쉬게 되고 기가 막히게 된다. 심한 경우 죽게 되는 것이다. 이때 병원에 가서 위장을 세척해서 비워도 이미 기가 막혔기 때문에 소용이 없다.

2부

내 몸이 아픈
까닭은 무엇일까

기수련은 마음을 다스려야 완성된다

기는
마음에서 자란다

현충일에 일어난 패러다임의 전환!

나는 단전호흡과 조식폐지 1일 2식 단식을 통해 고엽제 후유
증과 사투를 벌이면서 공부도 다시 할 수 있게 되었다. 전공
도 영문학에서 경제학으로 바꿔 교수도 되고 가정도 안정을
얻었다. 그러나 이상하게도 건강이 80%선에서 더 이상 호전
되지 않아 강의와 연구에 큰 지장을 받고 있었다. 이유를 알
수 없었다.

그러다가 1986년 6월 6일 현충일顯忠日에 일생 잊을 수 없
는 일이 벌어졌다.

국립현충원에서 일어난 기적

베트남전쟁에서 살아 돌아온 우리 동기생들은 매년 현충일에 국립묘지에 모여 전사한 동기생들을 조문했다. 이날도 50여 명의 동기생들이 국립묘지 동 제5묘역(베트남전 전사자묘역)에 모여 고인이 된 동기생들의 묘를 찾아 참배했다. 고故 김진수 동기생(숭실대학교 졸업, 참전 장교 중 최초로 전사함)의 묘역에 갔을 때, 그의 어머니가 하얀 한복차림으로 넋을 잃고 앉아 계셨다. 고인은 불행하게도 파병 2개월 만에 전사하였다.

우리에게는 일종의 한恨같은 것이 있다. 우리는 3년 기한으로 해병대에 입대했으나 국가에서 돌연 베트남전에 파병을 결정하고, 해병대를 국군선발부대로 파병하는 바람에, 우리 동기생들은 청룡부대(베트남파병 해병대의 명칭)의 제1진으로 모든 전선에서 첫 소대장으로 참전했다. 전쟁터에서 초급장교의 손실이 많아 거의 전부는 목숨을 잃을 뻔했다.

복무기간도 3년에서 무작정 연장되는 어이없는 일을 당했다. 거의가 5~8년 이상 복무했다. 제대하니 나이가 많아 취직도 힘들었다. 각 기업들이 신입사원 모집을 28세 미만으로 나이 제한을 뒀기 때문이다. 우리 동기생들은 취업을 잘 못해 경제적 고통에도 시달렸다.

더구나 고엽제 후유증에 걸려 투병생활까지 해야 했고 십여 명의 동기생이 타계하기도 했다. 이처럼 우리는 황금 같은 젊은 시절의 좋은 기회를 송두리째 빼앗겨 버렸다. 이것은 우리의 숨길 수 없는 억울함이었다.

그 날, 우리들은 고 김진수 동기생의 묘 앞에서, 어머니가 땅에 묻힌 비문에 손을 댄 채 앉아 계신 모습을 보고 가슴이 메어졌다. 우리들은 "어머니! 우리들 진수 보러 왔습니다." 하고 인사를 했다. 그러나 어머니는 고개를 숙인채로 가만히 계셨다.

혹시 못 들으신 게 아닌가 해서, 나는 한 걸음 가까이 다가가서 어머니의 어깨에 손을 얹으며, "어머니…!"하며 가만히 불렀다. 어머니의 어깨는 깊은 흐느낌으로 잔잔하게 떨고 있었다.

순간 내 손은 수백만 볼트나 되는 엄청난 전기에 감염된 듯했다. 나는 온몸에 뜨거운 전율을 느끼며 나도 모르게 눈물이 쏟아졌다.

동시에 나의 머릿속에서는 '아~! 하느님, 감사합니다! 저를 살려주셔서 감사합니다! 만약 내가 전사했다면 내 어머니는…?'하는 생각이 소용돌이쳤다. 순간, 내 가슴에서 차가운 돌덩이 같은 것이 빠져나갔다. 그동안 내 가슴을 옥죄고 있던 억울함과 분통함, 증오심, 분노 등이 그 눈물을 통해 밖으로 모두 쏟아져 나간 것이다.

돌연, 내 가슴속에는 감사, 사랑, 기쁨이 넘쳐흘렀다. 머리가 청명한 하늘에 떠있는 듯 밝아지면서 몸은 깃털처럼 가벼웠다. 지긋지긋하던 세상이 아름답게 느껴졌다. 돌아보니 내 주변에서 변한 것은 아무것도 없었다. 내가 변한 것이다.

류시화 시인은 "세상에서 가장 먼 거리는 머리에서 가슴까지 30 센티미터"라고 말했다. 나는 이 거리에 도달하는데 18년이 걸린 것이다.

전에 보았던 것들이 모두 다르게 보이기 시작했고, 다르게 보니까 사고의 전환도 이뤄지고, 행동도 달라졌다. 패러다임 전환 효과라는 것이 이것인 모양이다. 이는 하느님의 아들이라고 믿었던 예수가 사형 당하자 신도들이 실망하고 모두 흩어졌지만, 3일 만에 부활함으로써 다시 돌아오고, 지금은 세계인구의 30%를 기독교인으로 만든 부활의 패러다임과도 같은 느낌이 든다.

전에는 내 신세는 정부가 망쳤다고 믿었고, 그렇게 말했으며, 그렇게 행동했었다. 정부가 나를 위해 아무것도 해주지 않으니 나는 원망밖에 할일이 없다고 생각했다. 원망과 분노 대신 모든 것은 내가 해야 한다는 마음이 생겼다. 이상하게도 하는 일마다 잘 풀렸다.

또한 호흡도 더 가볍고 깊게 돼 건강이 거의 100% 회복해서 젊어진다는 소리를 듣게 되었다. 패러다임이 전환된 후 내 호흡이 순하고 깊어진 것이다. 마음에 부정적 생각이 가득차서 호흡이 얕았던 것이다.

사람은 왜 병들고, 왜 늙을까?

기를 쓰면 무쇠도 자른다

나는 예전에 몸이 나쁠 때 골프가 건강에 좋다고 해서 시작했다가 더 나빠진 적이 있다. 힘이 쏙 빠져서 멍청하니 누워 지냈다. 그러다가 힘으로 치는 것이 아니라 기로 친다는 것을 알고 골프는 건강유지 비결이 되었다.

다른 운동도 마찬가지로 원리를 제대로 익혀서 하면 기를 쓰게 되고 병까지 고쳐주는 기 운동이 되지만 무리하면 역효과가 오게 된다.

골프는 특히 중년이나 노년에 좋은 기운동이다. 도대체 어떤 운동이 죽을 때까지 할 수 있을까. 서서 걸어 다닐 힘만 있으면 할 수 있는 운동이 골프이다. 기를 써서 할 때의 경우다.

그러나 원리를 모르고 '용을 써서' 하면 부상의 원인이 된다. 요즘 유명한 골프교습가인 임진한 프로가 SBS골프 채널에서 전국투어 골프레슨을 하는데, "양발바닥에만 체중을 싣고 온몸에는 아무런 힘도 주지 말고 잡은 골프채를 가볍게 휘두르기만 하라"고 말한다. 용을 쓰지 말고 기를 쓰라는 말이다.

내 경험에 의하면 골프를 기로 치면 단전에 힘이 모인다. 이것은 무술에서 말하는 외공外攻으로 대단한 힘을 발휘한다. 이런 외공을 제대로 하면 쇠붙이를 내리쳐도 자를 수 있다고 한다.

외공과 관련해 신라의 원술랑 얘기가 전해진다. 신라 문무왕과 김유신 장군은 당나라의 협력을 얻어 백제와 고구려를 멸망시켰으나 당나라 군대는 돌아가지 않고 한반도를 복속시키려고 했다. 김유신 장군을 위시해 신라군은 당나라군을 몰아내기위해 6~7년간 처절한 전투를 했다. 이때 김유신 장군의 아들인 소년낭도 원술랑은 놀라운 무술실력으로 당나라 장군들을 쫓아내는데 큰 역할을 했다고 한다.

원술랑은 당나라 군대를 몰아내기 위해 무술력을 높이고자 깊은 산속의 도사를 찾아갔다. 마침 도사는 도끼로 장작을 패고 있었다. 원술랑은 도사에게 무술을 가르쳐달라고 간청했다. 도사는 도끼를 건네주며 장작을 패보라고 했다. 원술랑은 가볍게 장작을 두 조각으로 갈랐다. 그러자 도사는 원술랑이 두번 째 장작을 패기위해 도끼를 내리칠 때 쇠막대를 슬쩍 바꿔 넣었다. 쇠막대는 장작처럼 두 조각으로 잘렸다.

"원술랑아, 네가 지금 자른 것이 쇠막대인 것을 알았느냐?"

"몰랐습니다."

"이번에 쇠막대를 올려놓고 다시 잘라 보거라!"

원술랑은 자신 있게 쇠막대를 힘껏 내리쳤다. 쇠막대는 튕겨나가고 도끼는 자루가 부러진 채 멀리 날아갔다.

"네가 쇠막대란 걸 알고 힘을 줘서 내리쳤기 때문에 그런 것이다. 무술을 연마할 때 왜 힘을 빼야 하는지 알겠느냐?"

원술랑은 도사한테서 누구보다 심오한 무술을 배워서 당 나라의 어떤 맹장도 떨게 했고 결국은 그들을 한반도에서 몰 아내는데 큰 공을 세웠다고 한다.

골프를 힘을 빼고 외공으로 치면 단전에 기가 뭉치고 건강 도 좋아진다.

늙지 않는 비결

나이는 의학적으로 시간적 의 미인 '늙어감'을 뜻하지만 현실적으로는 그렇지가 않은 경우가 많다. 젊은 늙은이가 있는가 하면 늙은 젊은이도 있다.

젊어도 몸의 움직임이 굳어 버리면 노인이 될 수밖에 없다. 젊을 때는 내장이 건강하여 근육이나 관절이 유연하지만 나 이가 들면서 조금씩 굳어진다. 이것이 노화이다.

그렇다면 몸의 유연성을 유지하려면 어떻게 해야 하는가?

사람은 원래 네 발로 걸어 다니도록 설계돼 있었다. 그런데 직립하여 생활하면서 동물들과는 달리 온몸에 중력을 받으면 서 신체에 변화가 생기게 되었다. 가장 큰 변화는 중력에 의해 혈액은 아래로 몰리고, 오장육부와 뼈, 관절, 근육은 하중을 많이 받게 된 것이다.

이 때문에 혈액은 머리 위까지 순환하기 힘들게 돼 두통, 심장병, 고혈압, 괴혈병 등에 걸릴 위험이 생겼다. 오장육부는 하중으로 위하수, 치질, 비만, 당뇨병 등의 위험에 처했다. 특히 움직일 때 척추는 중력으로 척추측만증, 디스크, 관절염 등에 걸리게 되었다. 동물에게는 없는 병들인 것이다.

직립하면 중력이 허리에 집중되기 때문에 우리 몸을 구성하고 있는 365마디의 뼈와 근육이 유연해야 한다. 만약 허리가 유연하지 못하면 오장육부와 뇌, 심장 등에 병이 생긴다. 허리에 몰리는 중력을 분산시키는 유연성 강화운동을 해야 한다. 조상들은 유연성을 강화하고자 단전기공법丹田氣孔法을 개발한 것으로 보인다.

따라서 기공수련을 열심히 하면 기운이 생기면서 병에 잘 걸리지 않는다. 기는 동물에게는 없는 하늘이 준 선물이다. 인간에게만 준 선물을 잘 운용하는 것이 기운인 것이다. 기운을 만드는 방법은 기공수련 외에도 걷기, 달리기, 체조, 등산 등 여러 운동이 있다.

성장기가 지난 20대 후반부터는 근력 운동과 겸해서 기공과 같은 유연성 운동을 할 것을 권한다. 유연성이 확보되면 몸속에서 기운이 잘 흐르게 되면서 중력을 이겨내서 노화도 더디게 된다.

자연 속에 답이 있다

야생동물들은 네발로 걷기 때문에 몸체가 유연해서 인간처럼 현대병에 걸리지 않고 수명이 다하면 초목이 말라죽듯이 자연사한다. 이것이 자연의 법칙이다.

동물들은 유연성을 위해 세 가지 점에서 특별한 행동을 한다.

① 몸을 한쪽만으로 움직이지 않고 반대방향으로도 움직인다.
② 심 호흡법을 하고 있다. 닭이 우는 것은 심호흡을 하는 것이다. 닭은 울 때 목을 길게 늘이고 있는 힘껏 목청을 뽑는다. 늑대나 여우, 개, 소 등도 그냥 울어댄다. 호흡을 하는 것이다.
③ 배가 부르면 절대로 더 먹지 않고 과식하지 않는다.

우리도 동물처럼 한다면 성인병에 안 걸리고 건강할 수 있다. 인간이 개발한 운동 중에도 비슷한 운동들은 많다. 단전호흡, 에어로빅 등은 동물 포즈로 돌아가기 좋은 운동들이다.

문제는 "내가 바쁜데 언제 그런 운동을 할 시간이 있느냐" 하며 하지 않는 것이다. 어떤 운동이든지 열심히 하다보면 즐거움을 찾을 수 있다.

인간의 수명은 125세

사람의 수명에는 설이 분분하다. 나는 최대 125세라는 설을 믿는다. 인류 역사상 최고의 수명을 산 사람으로 므드셀라를 꼽는다. 구약 성경의 창세기에 적혀 있는 내용이다. 아담은 930세, 므드셀라는 969세, 노아는 950세를 각각 살았는데 BC 10세기 이전의 사람들이다.

그러다가 BC 10세기 노아 대홍수 이후에 오존층이 얇아지며 수명이 급격히 줄어서 아브라함은 175세, 모세는 120세를 살았다고 한다.

프랑스의 어떤 핵물리학자는 머리카락을 분석해서 인간의 수명은 125세라고 했다. 머리카락 유전자를 해석해보니 수명은 5년이며 일생에 25회 재생되도록 설계돼 있음을 발견했다고 한다. 또 다른 학자는 인간의 수명을 120년으로 계산하였다. 인간의 피부는 수명이 2년인데 일생에 60회 재생되도록 설계돼 있다고 한다.

뇌세포의 수명이 인간의 수명이란 설도 있다. 뇌세포는 하루에 10만 개씩 죽는데 이 뇌세포를 죽지 않도록 한다면 수명이 연장된다고 할 수 있다. 수명을 연장하려면 뇌세포를 죽이는 호르몬을 억제하는 방법과 뇌세포를 젊게 하는 호르몬을 많이 분비하게 하는 방법 두 가지가 있을 수 있다.

뇌세포에 가장 해로운 것이 활성산소라고 한다. 활성산소는 우리가 호흡한 산소 가운데서 남는 것이 바뀌어 되는 경우도 있고 자연계에 그대로 있는 경우도 있다. 활성산소는 체내에 흡입되면 노화물질(부패물질)을 만들거나 유전자를 병들게 한다.

활성산소가 체내에서 생성되는 원리는 간단하다. 우리가 마신 산소는 모두가 산화되지 않고 나머지는 체내에서 사라진다. 우리가 운동을 하면 산소 흡입량이 많고 산화 량도 많아 힘이 생긴다. 그러나 운동을 계속하지 않으면 산소가 소비되지 못해 체내에 남아서 활성산소가 된다.

비결은 산소를 적게 마셔서 체내에 남아있는 산소를 태워버리면 된다. 단전호흡이 그러한 역할을 한다. 단전호흡은 호흡횟수를 줄이기 때문에 산소흡입량이 적게 되고 산화량은 일정하니까 활성산소가 줄게 된다. 이때 뇌에서는 세포를 젊게 하는 호르몬이 분비된다고 한다.

정력은 신장이 좌우

옛말에 '남자는 허리 여자는 자궁'이란 게 있다. 남자의 힘은 허리에서 나오고 여자의 힘은 자궁에서 나온다는 뜻이다. 그런데 허리와 자궁은 자기들 혼자 공중에 떠있는 것이 아니다. 몸속의 다른 장기들과 붙어서 밀접한 연관관계를 지닌다.

한의학에서는 허리와 자궁에 관련된 대표적인 장기로 신장과 방광을 꼽는다. 남자의 경우 신장과 방광이 약하면 허리병이 자주 나고 정력도 약하다. 여성은 신장과 방광이 약하면 자궁이 약하고 허리가 아프게 된다.

　　남녀 불문하고 신장이나 방광이 허약하면 허리는 물론 기력이 약해져서 나이보다 빨리 늙게 된다. 신장은 몸속에 있기 때문에 치료가 힘들다. 한약이나 침, 뜸으로 치료하는 방법이 있으나 근본적인 방법은 못된다.

　　근본적으로 고치는 방법은 허리의 기혈氣穴이 잘 순환되도록 하는 것이다. 허리에 정체되어 있는 사기邪氣를 몸 밖으로 뽑아내고 신선한 기를 공급하면 신장이 건강해지고 허리의 근육도 젊게 된다. 단전호흡이 바로 그 방법이다.

고정관념이 기를 죽인다

고정관념의 마술

나는 인간의 고정관념이 능력뿐만 아니라 건강도 나쁘게 한다는 사실을 발견했다. 대개의 사람들은 죽을병은 병원에서만 고칠 수 있다고 믿는데 이것이 대표적 고정관념이다.

나는 무수히 병원을 다니다가 생각을 바꿔 단식과 기수련에 매달렸더니 고엽제 후유증을 벗어나 죽음에서 살아났다. 호흡이 깊어지면서 생긴 효과였다.

심리학자들은 환자들이 병원만 찾는 심리현상을 '기계적 자동화 효과band-wagon effect'라고 말한다. "전문가들이 그렇게 연구하고 오랜 기간 해온 것이니 가장 믿을 만하다"고 이미 고정관념을 가지고 있다는 것이다.

건강에 대해서도 대다수 사람들은 별 생각 없이 의사의 지시만 따르는 것으로 볼 수 있다. 그러나 의사가 무능하면 목숨이 위태롭다. 좋은 의사를 열심히 찾기 바란다. 그리고 찾았으면 믿고 열심히 치료하기를 권한다. 그러면 호흡이 순해지면서 기가 생긴다. 저절로 자신에게 맞는 건강법이 될 것이다.

우리 몸에서 암세포처럼 쉽게 고쳐지지 않는 것이 있다. 습관과 고정관념이 그것이다. 기의 힘이 약해서 그런 것이다. 기가 약하면 스스로 변화하지 못하고 우리 정신건강은 암세포처럼 되게 된다.

일일신 우일신日日新又日新(변화는 일상이다)

우리는 묵은 관념을 버리고 새로운 생각으로 바꿔야 하는데 잘 되지 않는다. 기가 약한 때문이다. 심호흡으로 아랫배에 힘氣이 생기면 암세포가 기의 응축력에 의해 활동을 못하고 궤멸하듯이 고정관념도 사라지게 된다.

기가 고정관념을 깨뜨린다

고정관념 때문에 연약하고 괴롭게 살던 학생의 흥미로운 사례가 있다.

중학교 1학년인 광수는 몇 명의 선배가 괴롭혀서 결석을 많이 했다. 그런데 삼촌이 이 사실을 알고 태권도 도장에 반강제로 등록시켰다. 그가 약 6개월 정도 다녔을 때 어느 날 선배 3명이 전에처럼 괴롭혔다. 광수는 습관대로 그냥 맞았다. 그런데 맞는 것이 전처럼 아프지도 않았고 무섭지도 않았다. 오히려 때리던 선배들이 손이 아픈지 우물쭈물 가버렸다.

광수에겐 기가 쌓여서 그런 현상이 생긴 것이다. 삼촌이 숫자로 덤비는 사람들은 겁이 많아서 그런 것이니 하나씩 불러서 얘기해보라고 말했었다. 광수는 그중 한 명을 집까지 따라가서 불러냈다. 그러자 그 선배는 겁에 질린 모습으로 다음에는 절대 안 그러겠다고 말하는 것이었다. 그 후 선배들은 잘 대해주고 다시는 그런 일이 없었다.

기싸움은 일반 싸움과 달리 한번 제압되고 나면 그것으로 끝나는 특징을 가지고 있다. 그러한 것으로 조직폭력의 세계를 들 수 있다. 조폭의 우두머리는 반드시 덩치가 크거나 힘이 세지 않다. 대신 누구보다 겁이 없고 깡(배짱)이 셀 뿐이다.

스포츠 경기에서도 승패가 오리무중일 때 흔히 해설자가 "이제부턴 기싸움입니다. 누가 기가 센가에 좌우될 겁니다"라고 말하는 것을 듣는다. 절대 절명한 순간에 그렇게 믿었던 기술은 간데없고 기가 대신한다니 무엇을 뜻하는 것일까?

거의 다 이긴 경기에서 돌연 지는 것은 기의 작용 때문이다. 축구와 야구시합에서 최고로 약한 팀이 최강 팀을 이기는 경우가 종종 일어난다. 기가 살아나면서 상대팀에 대한 패배의식을 벗어버렸기 때문이다. 기의 힘으로 고정관념을 깨뜨린 결과이다.

기로 뇌를 치유한다

뇌병변의 치료

　　　　　　　내가 다닌 국선도 단전호흡 도
장에 지체장애를 가진 어린 학생이 온 적이 있었다. 이 학생은
머리가 좀 크고 척추가 꼿꼿하지 못하고 휘어져 있었다. 이 때
문에 중추신경이 제 기능을 발휘하지 못해서 호흡도 깊게 되
지 않고 뇌에는 산소공급이 잘 되지 않는 것으로 보였다. 즉,
기의 공급이 잘 안 되는 것이다.

　이들의 머리가 큰 것은 뇌 속에 있는 30조 개의 시냅스(신
경연결고리) 가운데 병든 것들이 자연도태하지 못해 머리가 크
게 된 것이다. 시냅스는 단단하게 묶어줘야 건강한 것들만 남
게 된다. 이는 기의 응축력凝縮力이 하는 것이다.

　척추가 꼿꼿하지 못하면 뇌와 천골을 잇는 중추신경기능
도 약해진다. 이런 학생들도 약 1년 정도 열심히 단전호흡지도
를 받으면 머리가 단단해지면서 자세가 곧아지고 눈빛도 달라
지며 명랑해지는 것을 볼 수 있다. 강한 기가 시냅스를 응축시
키면서 뇌가 건강해지는 것이다. 척추가 바로 잡히고 뇌에 산
소가 공급되면서 생긴 현상이다.

　단전호흡은 조신법(스트레칭)을 강도 있게 해서 척추를 바로
잡고, 조식법(호흡행공)을 해서 뇌에 산소공급을 원활하게 해 힘

없는 시냅스는 도태시켜 뇌를 단단하게 한다. 척추가 곧게 되면서 중추신경도 살아난다. 완전 건강체는 아니라도 일상생활을 할 수는 있게는 된다.

예전의 도인道人들은 천문, 지리, 경세, 정치 등 모든 분야에 대해 모르는 것이 없는 것으로 알려져 있다. 당시에는 그런 분야의 책은 존재하지도 않았는데 오랜 기수련만으로 도통道通한 것이다. 이를 달관達觀 또는 무불통지無不通知라고 한다. 듣지도 보지도 못했지만 통하지 않는 분야가 없었다고 한다. 기의 능력이라고 할 수 있다. 대표적 사람으로 삼국지의 제갈공명을 들 수 있다.

내 경험에 의하면, 기수련은 건강에 좋지만 기억력에도 좋은 것 같다. 나는 지금도 몇 시간 책을 읽어도 머리가 아프다거나 눈이 침침하지 않다. 덕택에 책을 계속 집필하고 있다.

좌뇌와 우뇌의 회복

『뇌 내 혁명腦內革命』의 저자인 하루야마 시게오 박사는 스트레칭은 좌뇌의 활동을 진정시켜 생각과 감정, 신체반응을 활발하게 해준다고 말한다.

좌뇌가 잠잠해지면 우뇌가 활동하면서 창조적인 알파파가 솟아나게 된다. 알파파는 명상을 할 때 뇌파가 일정한 곡선을 그리며 안정된 상태로 바뀐 것을 말한다.

그는 명상을 하면 뇌파가 알파파 상태가 되면서 몸을 이완시키는데, 알파파는 우뇌에서 나오기 때문에 좌뇌를 진정시켜야 한다고 말한다(원광대학교 실험에서도 단전호흡은 알파파를 생성한다고 했다). 명상으로 알파파가 형성된다는 것은 기가 알파파를 생성함을 의미한다.

좌뇌를 진정시키는데 가장 효과적인 방법이 스트레칭, 걷기, 단전호흡 등이다. 이것들은 척추의 유연성을 높이기 때문에 뇌와 제2의 뇌라는 천골(꼬리뼈 위)의 길(경락)을 뚫어준다.

미국의 정신과 의사인 멜 레빈 박사는 뇌에 있는 30조 개의 신경전달회로인 시냅스들이 어떻게 조합을 이루는가에 따라 성격과 두뇌의 우열이 생긴다고 말한다. 사람은 태어나면서 시냅스의 조합이 좌뇌에 치우치고 있지만 기수련(명상)을 통해 우뇌에도 배분해주는 것이라고 생각된다.

의학적으로도 두뇌에 에너지氣를 공급해주면 모든 신경계가 잘 연결돼 만능의 두뇌가 될 수 있다. 이는 시냅스의 조합을 정상적으로 배분하도록 해서 적어도 무능하게는 하지 않게 되는 것임을 뜻한다.

관상도 바꾼다

기는 강한 생명력을 갖게 하는 생체에너지로 관상과 행동까지도 변화시키는 힘을 갖기도 한다.

뇌 박사로 불리는 KIST의 신희섭 명예교수(학습기억현상 연구단장)는 기는 두뇌에서 시냅스들을 단단하게 묶고, 신체기능을 활발하게 해서 '마음의 힘'을 일으켜 기적적 현상을 만든다고 말했다(조선일보 인터뷰).

그런 예로, 미녀 배우 모니카 벨루치는 한 인터뷰에서 '아름다움의 비결은 자신이 아름답다고 믿는 것'이라고 말했다고 한다. 위대한 철학자 플라톤도 "마음이 현실을 만들어 낸다. 우리는 마음을 바꿈으로써 현실을 바꿀 수 있다"고 말했다.

마음에 따라 얼굴까지 변형된다는 사실은 중요한 의미를 가진다. 마음에는 기가 담겨 있기 때문인 것이다. 단전호흡에서는 "의식이 가는 곳에 기가 간다"고 말한다. 우리는 레몬을 바라만 봐도 입안에서 침이 나온다. 이는 레몬이 신맛이라는 의식氣에 의해 뇌신경에서 침이 나오도록 신진대사가 이뤄진 것이다. 의식이 가는 곳에 기도 가는 것이다. 그러나 어린아이는 레몬을 아무리 바라봐도 침이 나오지 않는다. 우리가 보는 것, 먹는 것, 만지는 것, 냄새 맡는 것, 생각하는 것 모두가 기를 통해 뇌를 자극하는 것들이다.

사람의 행복과 불행도 기의 작용이다. 행복과 불행은 동전의 양면처럼 같이 붙어있다. 행복해서 울고 불행해서도 운다. 그런데 두 눈물의 화학성분은 전혀 다르다고 한다.

행복할 때는 횡격막 아래에서 숨을 쉬는 것이고 불행할 때는 횡격막 위에서 숨을 쉬는 것이다. 기의 힘이 눈물의 화학성 분도 바꾼다는 것은 놀라울 뿐이다.

'경제학의 행복공식(행복=충족/욕망)'에 의하면 충족이 크면 행복하고 욕망이 크면 불행한 것이다. 그런데 충족하면 숨이 횡격막 아래에서 쉬어지고 부족하면 횡격막 위에서 쉬어지는 것이다. 역시 기의 작용이다.

경쟁력이 생긴다

나와 함께 베트남전에 참전한 동기생 가운데 20여 명은 고엽제 후유증으로 벌써 세상을 떠났다. 전사한 전우들을 생각하면 나의 삶은 덤이라 생각하는데 교수까지 됐으니 하나님, 부처님, 조상님께 무조건 감사하고 있다.

내가 단전호흡으로 죽음에서 살아나고 교수가 된 체험담을 들려주게 된 것도 감사하다.

뚜렷한 목표를 세우고 단전호흡을 수련하면 어떤 고난도 이겨내게 변한다. 우리가 생존하는데 가장 힘들다는 경쟁도 두렵지 않게 된다. 경쟁은 전쟁이 아니다. 경쟁은 자원부족에서 생긴 효율성의 문제다. 앞으로는 자원부족이 점점 심해지기 때문에 경쟁은 더욱 치열해질 것이다.

사람들은 불확실성 때문에 경쟁이 두렵다고 말한다. 경쟁은 상대방과 게임하듯 이기고지는 게 아니므로 두려울 이유가 없다. 경쟁은 성공과 실패가 100 대 0이 아닌 0 대 0이다. 원천부터 승자도 패자도 없다.

경쟁은 누가 자원을 더 효율 있게 사용하는가를 고객에게 보이는 것이다. 내가 100% 효율을 냈다고 상대방은 0%의 효율을 내는 게 아니다. 상대방도 90% 낼 수 있다. 경쟁은 '끗발'의 게임이다. 끗발은 항문의 힘, 즉 '뒷심'으로 아랫배에서 나온다. 단전호흡을 하면 끗발은 해결된다.

경쟁은 그 자리에서 승패가 나는 게 아니다. 내 일만 잘하면 된다. 상대를 존중하고 뒷심으로 노력하면 되는 것이다. 오늘 효율이 적었으면 내일 더 내도록 노력하면 되는 것이다.

상대방을 이겨야 한다는 부담감을 가지면 두렵다. 단전이 강하면 두려움은 장난하지 못한다. 두려움 없이 일하면 효율성은 배가 되고 저절로 이기게 된다.

그러나 두려워해서 능력을 10%정도 덜 발휘하면 실패 확률은 10%가 아니라 100%가 된다. 자신과의 싸움이다. 상대방이 강해서 지는 게 아니라 내가 약해서 지는 것이다.

절반의 성공을 위해 태어났는가? 성공에 절반은 없다. 경쟁은 이기고지는 게임은 아니지만 나눠 갖는 법도 없다. 경쟁에서는 단 1%라도 모자라면 그대의 절반마저 상대의 몫이 되기도 한다.

더 큰 꿈을 위해 당장 단전호흡을 시작하기 바란다. 그대가 100%의 온전한 꿈을 꾼다고 제약할 어느 권력도 없다. 꿈을 꾸는데 장소와 시간이 필요하다고 생각하는가? 몸이 망가지고 정신이 오락가락해도 꿈을 가지면 의지가 생긴다. 꿈은 꾸어야 이룰 수 있다.

나는 전쟁터에서 살아온 후 뒤늦게 꿈을 가진 사람이다. 꿈을 가지면서 만학을 시작하였으나 남보다 너무 뒤처져있음을 알게 되었다. 앞선 사람들은 내가 전쟁터에서 얻은 고엽제 후유증으로 고통 받는 것은 흥미도 없다.

그들에게 동정을 구하면 나약한자가 된다. 나의 불행은 그들의 미소가 될지도 모른다. 남의 동정을 기대하는 것은 미련한 짓이다. 누구도 나를 나만큼 사랑할 수는 없다. 자신을 사랑하고 믿으면 호흡이 깊게 되고 불안하던 내 모습은 사라지게 된다.

자신을 사랑하고 싶다면, 하루에 딱 10분 만이라도 깊은 호흡을 하라. 차를 마시며 음악을 들어도 좋다. 조용한 숲길이라면 크게 웃어 봐도 좋다. 그 짧은 10분의 멈춤이 깊은 호흡을 선물할 것이다.

세상에는 나보다 뛰어난 사람이 많겠지만 겁먹지 말라. 남도 나를 그렇게 볼 수 있다. 제 잘난 맛에 사는 것도 좋다. 내가 뒤떨어진 게 사실이라고 해도 세상이 사라지는 게 아니다.

차이를 인정하고 단전호흡만 하면 된다. 항아리는 비어있어야 물을 채울 수 있는 법이다.

정신질환을 고친다

요새 사람들 가운데 성공 신드롬에 걸린 사람이 많다. 이들은 "하면 된다!", "할 수 있다!"라는 맹신에 빠져있다.

이런 사고는 물리적 사고로서 뇌에 열을 올리게 된다. 뇌는 유리그릇과 같아 열을 과하게 가하면 깨지기 쉽다. 정신분열의 원인이 될 수 있다. 천재들 중에 정신분열환자가 많은 까닭이기도 하다.

프로이트는 무의식설을 발표했는데, 모든 신체현상이 인과법칙에 의하여 나타나는 것처럼 정신적 현상도 전에 있었던 어떤 원인에 의하여 그 결과로 나타난다고 했다. 언젠가 뇌에 열을 많이 받았던 것이다.

성인 가운데 의욕이나 기운도 없는 사람들이 있다. 몸의 중심이 흔들거리고 눈동자는 초점이 없는 채 사방으로 돌아간다. 더 놀라운 것은 본인은 이를 모르고 괜찮다고 착각하는 것이다. 기가 약해 뇌에는 에너지가 올라가지 못한 상태이다.

머리에 열이 너무 오르거나 너무 안 올라도 문제가 된다. 그것을 자동적으로 조절해주는 것이 기의 역할이다. 단전호흡, 등산, 운동, 걷기 등이 바로 기의 역할을 해준다.

중국의 유명한 의서인 『여씨춘추』에는 병의 원인을 '기가 막힘으로 인해 병이 발생한다'고 적고 있다. 흐르는 물은 썩는 일이 없다. 우리 몸도 움직이지 않으면 기가 흐르지 않아 정기精氣와 혈기血氣가 막혀 병이 생긴다. 정기와 혈기는 몸 안을 항상 돌아다니며 생명을 유지시킨다.

하루야마 시게오 박사는 성인병은 대부분 혈관이 막히는 데서 시작한다고 말한다. 뇌에서는 '뇌 내 모르핀'이란 것이 분비되는데 이는 혈액순환을 원활하게 하는 작용을 하고 성인병을 예방 혹은 치유하는 효능을 발휘한다고 한다.

분자생리학자들은 뇌에서 마취작용이 있는 호르몬이 분비되는 것을 이용해 침술로 마취를 하고 몇 시간씩 수술도 할 수 있음을 증명한 바 있다. 이러한 호르몬은 결국 기가 막히지 않도록 해야 분비되는 것이다. 단전호흡이 해결책이다.

기의 효과적 관리방법

선천적 기와 후천적 기

        사람은 '선천적 기'와 '후천적 기'를 가지고 생명을 유지한다. 선천적 기는 태어날 때부터 받고 나온 기로써 성장, 생식 등의 생명에너지 역할을 한다. 선천적 기는 신장腎臟에 지니고 태어난다.

    후천적 기는 성장하면서 영향을 받게 되는 우주의 기상氣象 즉, 천기天氣인 호흡, 운동과 음식물穀氣 섭취 등에 의해 얻어진다. 즉, 폐와 피부, 음식물에서 얻어진다. 인간의 성패를 결정하는 것은 후천적 기의 작용이다.

    후천적 기는 호흡에서 가장 많이 생성되기 때문에 '좋은 호흡'을 하도록 마음을 평안하게 해줘야 한다. 가장 좋은 방법이 단전호흡이다. 그밖에 사랑과 신뢰, 섭생에 대해서도 주의해야 한다.

    단전호흡을 모르더라도 사랑과 믿음으로 강한 기를 살릴 수 있다.

    유명한 발명가 에디슨의 어머니가 보여준 사랑과 믿음은 기를 심어준 표본이다. 에디슨의 전기를 보면, 어머니의 사랑과 믿음으로 그가 만들어졌음을 알 수 있다. 그는 이렇게 회상하고 있다.

"나는 하루도 어머니를 잊은 적이 없습니다. 어머니는 나를 항상 이해하고 믿어 주셨습니다. 어려서 학교 선생님이 날 바보라고 퇴학시켰을 때 나는 세상이 싫어졌습니다. 그러나 어머니만은 나를 믿어주셨고 용기를 잃지 않도록 격려하셨습니다."

감기 자주 걸리는 사람은 암도 걸리지 않는다

나는 오래 사는 것이 장수長壽는 아니라고 생각한다. 늙었지만 건강해서 취미생활도 하고 맛있는 음식도 먹으면서 자식들에게 괴롬을 끼치지 않는 것이 장수라고 생각한다. 그러기 위해서는 기운이 세야 한다.

우리는 일할 때 쩔쩔매는 사람을 보고 "왜 이렇게 기운이 약하십니까?"라고 묻는다. 반면 힘든 일을 잘 하는 사람에게는 "기운이 넘치십니다"라고 말한다.

기운이란 기의 운행상태를 말한다. 몸에서 기의 운행상태에 따라 기운이 세다 또는 기운이 약하다고 하는 말은 여러 의미를 갖는다. 기운에 대해 알아보기로 한다.

감기感氣는 기의 운행상태를 알려주는 신호이다. 감感은 센서sensor를 뜻하는 말이다. 감기는 몸에서 기의 상태가 이상이 있음을 감지하고 쉬라고 알려주는 신호이다.

감기는 초기에 몸의 이상을 알려주는 것이므로 휴식을 취하면 곧 기운이 회복돼 건강할 수 있다. 의학적으로 "감기에 자주 걸리는 사람은 암에 걸리지 않는다"는 말이 있다. 센서가 잘 작동되기 때문에 중병에 걸리지 않는다는 뜻이다. 그러나 감기를 무시하고 무리한 생활을 계속하면 중병에 걸리기 쉽다.

감기를 예방하는 방법은 단전호흡을 수련해서 기를 강화하는 것이다. 나는 81세인 지금도 감기는 거의 걸리지 않고 있다. 감기를 약으로 치료하는 것은 좋지 않다. 감기에 걸려서 열이 나는 것은 바이러스와 내 몸의 면역력이 일전을 벌이는 것인데 약을 쓰면 면역력의 작동을 막아버리는 꼴이 된다. 이것이 반복되면 면역체질이 약해지게 되고 병약한 체질로 된다.

평소 기운을 잘 관리하는 방법은 단전호흡, 1일 2식 단식법, 운동, 종교생활, 노래 부르기, 취미생활, 남녀 간의 사랑, 봉사생활, 죽염 복용 등 다양하다.

몸 컨디션을 조절한다

기운이 넘치면 최상의 건강상태를 유지한다. 기는 몸속의 경락을 운행하면서 오장육부와 두뇌 신경세포, 피부의 모세혈관 등에서 냉기를 제거하고 온기를 통하게 한다.

생체는 온기가 유통돼야 36.5도라는 정상체온을 유지할 수 있다. 체온으로 36.5도가 나온다 해도 실제 온몸의 온도는 그렇지 못할 수 있다. 발에 냉기가 있는데도 체온은 36.5도가 될 수 있다. 발에서 냉기를 제거하면 완전한 36.5도가 되고 마음도 온화하게 된다. 이 방법이 따뜻한 물로 하는 족욕足浴이다.

온몸에 온기가 순환할 때 "기분氣分이 좋다"고 말한다. 이는 몸에서 '기의 분배 상태가 좋다'는 것을 말하는 것이다. 만약 기가 몸에서 어느 곳에만 집중돼 있고 다른 곳에는 약하게 있다면 기의 분배가 잘 안 돼 기분이 나쁜 것이 된다.

우리는 평소에 기분이 나쁜 경우 마음이 불편하게 된다. 이는 몸의 어느 곳에서 냉기가 돌아 그런 것이다. 누군가 마음을 상하게 하면 몸에서는 냉기가 생긴다. 이를 "분위기가 냉랭冷冷해졌다"고 말한다. 분위기雰圍氣란 그 장소에서 기의 상태를 의미하는 것인데 냉기 때문에 기분, 즉 기의 분배상태가 싸늘해져서 불쾌하게 됐다는 것이다.

냉기는 주로 발이 찬데서 생기기 때문에 따뜻한 물로 족욕만 해도 효과가 있게 된다. 매일 자기 1시간 전에 10~20분간 족욕을 하면 몸속에 숨어있던 냉기가 해소되면서 편안하게 깊은 잠을 잘 수 있게 된다. 자기 30분 전에 족욕을 하면 힘이 생기면서 잠이 달아난다.

정력도 세진다

정력은 신장腎臟에서 나온다. 음양오행에서 신장은 물水로 정의한다. 신장은 약10cm로 45분마다 혈액에서 약 4.7리터의 오줌을 걸러내고, 1.4리터의 노폐물을 배설하며, 물과 영양소는 다시 흡수한다.

신장은 단전(아랫배)의 좌우 양쪽에 하나씩 위치하고 있는데 태어날 때 정력氣을 지니고 나온 저장고이다. 신장은 물이라 가장 빨리 약해진다. 신장이 약해지면 정력이 약해지고 청력도 약해진다. 나이가 들면서 눈보다 먼저 귀가 어두워지는 것은 신장이 약해지기 때문이다.

신장은 물이기 때문에 매일 30분~1시간 걷기를 하면 마르는 게 더디게 진행된다. 따라서 노쇠가 더디게 진행된다. 은퇴한 스포츠 선수들이 일찍 노쇠 하는 것은 젊어서 신장을 혹사하고 은퇴 후에는 운동을 게을리 하기 때문이다.

오장육부에서 신장은 귀, 간장은 눈, 폐장은 코, 심장은 혀와 상호작용하는 기능을 가지고 있다.

예컨대, 눈이 나빠지는 것은 간장에, 코가 냄새를 못 맡는 것은 폐장에, 귀가 잘 안들리는 것은 신장에, 혀가 붉고 아프다면 심장에 이상이 있다고 보면 된다.

2강

냉장고가
문제다

기를 바꾸는 냉장고의 폐해

근래에 코로나19, 메르스, 사스 등의 신형 전염병이 세계를 혼란
에 몰아넣고 있다. 그런데 노약자, 기저질환자 등이 더 잘 전염
된다는 사실이다. 소위 허약체질인 사람이 잘 걸린다는 뜻이다.

왜 그럴까? 그 까닭은 냉장고에도 한 원인이 있다. 이들은
오랫동안 냉장음식을 먹었던 사람들이다. 음식이 냉장고에 들
어갔다 나오면 기가 바뀐다. 과거에는 음식을 곡기穀氣라고 불
렀다. 곡식의 기를 온성에서 냉성으로 바꿔 요리해서 먹으니
자연에서 얻은 기의 힘이 약해지는 것이다.

육각수라는 물이 유행했었다. 보통 물을 냉장고에 한참 넣어
두면 물의 결정체가 육각형으로 변한다고 한다. 물보다 약한 결
정체를 가진 음식은 냉장고에서 더 쉽게 변한다고 볼 수 있다.

우리 몸은 섭씨 36.5도이기 때문에 음식도 36.5도를 유지해 줘야 몸속에서 제대로 신진대사가 이뤄진다. 냉장고를 거친 음식은 구조가 냉성으로 변해버린 것이니 먹은 후에는 강제로 몸을 덥혀야 한다. 그 방법으로 운동을 열심히 해야 한다. 세끼를 먹었다면 세 번 운동을 해야 한다.

허준의 동의보감이나 이제마의 사상의학의 심오한 이론과 그 효험은 이미 높이 평가받고 있다. 그러나 그 시대에는 냉장고가 없었다는 사실을 유의하기 바란다. 사상의학에서 체질을 감별할 때, 냉장고에 넣었던 음식을 먹은 사람은 체질이 다르게 나오게 된다. 그러나 냉장하지 않은 음식을 먹은 사람은 체질이 제대로 나온다.

고유의 '기 음식'을 멀리하고 냉장음식을 먹으면 면역력이 약하게 된다. 예전의 엄마들은 냉장고가 없어서 하루에 세 번 식사를 만들었다. 그 음식에는 '기'가 스며있었다. 그 음식을 먹은 사람은 지금처럼 많은 사람이 고혈압, 당뇨 같은 병에 걸리지 않았다. 그러나 냉장식품에 빠지면 기가 약해 면역력이 떨어지게 된다.

기의 흐름은 건강뿐만 아니라 운명도 바꾼다. 잘못된 음식 섭취로 기의 흐름이 약해지면 운명도 바뀐다. 갑자기 불치병에 걸린다던가, 돌연 가출하고, 명석함이 사라지는 이상한 현상이 벌어진다. 이 모두가 몸속에서 기운이 변하며 생기는 현상이다.

기가 막히는 음식을 피하면 운명은 좋은 쪽으로 변화된다. 병원에 아무리 다녀도 몸이 낫지 않는 사람이 있다면 오늘부터 집의 냉장고를 없애면 된다.

음양의 기 음식 만들기

토마토, 오이 같은 야채나 상추, 깻잎, 시금치 같은 엽채류는 음성식품이고 고구마, 감자, 도라지 같은 근채류는 양성식품이다. 토마토를 설탕을 찍어 먹기보다 소금을 찍어 먹는 것이 좋다는 까닭도 음성의 토마토에 강한 양성인 소금이 음성을 중화하기 때문이다.

음성식품을 햇빛에 건조시키거나 불에 가열하면 양성으로 된다. 음성식품을 건조시킨 후 염분을 첨가해 간을 맞추면 강력한 양성식품이 된다. 무장아찌는 냉성의 무를 햇빛에 건조시켜 만든 양성식품이다. 햇빛에 건조한 무말랭이를 다시 간장(양성)으로 절여 양성식품으로 만든 것이다. 고구마 말린 것, 홍삼, 건빵, 육포, 멸치, 김, 문어발 등은 장시간 열을 가하고 햇빛에 건조시킨 양성음식이다.

김치가 누구에게나 좋은 음식인 것은 음양을 가릴 필요 없이 이롭게 만든 것이기 때문이다. 음성인 배추를 소금(양성)으로 장시간 절인 후 무채(음성)와 마늘(양성), 고추(음성)로 속을 만들어 음양을 조화시킨 후 발효(양성)시켜 시너지효과를 내도록 한 것이다.

발효음식이 좋은 것은 음양의 기가 체내에서 발효라는 대류작용을 통해 음양을 조화시키고 쉽게 흡수되도록 했기 때문이다. 전문가들은 건강은 영양학적 관점에서 관리하고 사람의 능력은 교육을 통해 얼마든지 향상시킬 수 있다고 믿어왔다. 물론 그러한 방법이 성공적으로 기여해 온 것은 사실이다.

그러나 제대로 교육 받지 못한 사람이 크게 성공하는 것은 돈이 없어서 냉장음식을 못 먹어 기가 강해진 때문이 아닐까.

채식과 육식

전 세계적으로 문제가 된 '광우병'과 '구제역'은 섭생법을 무시한 결과로 생긴 인재이다. 동물 중에는 채식 동물과 육식동물이 있다. 그 가운데 가장 확실한 채식 동물이 소이다. 이런 채식동물에게 육식 사료를 상식시킨 결과 전대미문의 광우병이 생긴 것이다.

호랑이도 채식만 한다면 분명 병이 생길 것이다. 지금까지 섭취하지 않던 이물질이 축적되면서 몸속에 탁기濁氣가 생기기기 때문이다. 동물은 두뇌를 사용하지 않아 탁기가 문제가 안 되지만 사람은 탁기가 돌면 혼탁한 피가 순환돼 뇌의 기능이 저하되게 된다. 또한 탁기는 근육의 유연성을 떨어뜨리고 경직되게도 한다.

근육을 제2의 심장이라고 부른다. 혈액의 전신순환은 심근心筋이라는 심장을 구성하는 근육이 유연해서 힘을 가지고 있어야 가능하다. 그런데 심장근육의 박동만으로 혈액을 온몸으로 순환시키기는 힘들다. 몸 전체 근육들이 유연해서 함께 움직여줘야 동맥과 정맥의 혈액 순환이 잘 된다.

특히 채식 위주로 진화한 동양인이 육식을 과다하게 먹을 경우 심장에 진득한 혈류가 흐르게 되고 두뇌에도 악영향을 끼칠 것임은 당연하다.

배가 나와 고민하는 사람들은 채식을 위주로 하면서 단전호흡을 하면 지방을 태워 버리면서도 근육도 강화시켜주는 일석이조의 효과가 있다. 매일 수영, 걷기 등을 해도 튀어나온 배는 들어간다. 단, 40분 이상해야 한다. 그래야 깊은 호흡이 되기 때문이다.

운동을 계속 할수록 복부의 지방은 없어지고 팔뚝과 다리, 허리, 배와 등에 근육이 생기게 된다. 피부에도 변화가 일어나는데, 체질에 따라 차이가 있지만 팔다리, 허리 및 둔부의 피부가 팽팽하게 변한다.

근육이 단단하고 유연해지면 심장의 힘도 강해지면서 혈류가 개선돼 뇌에 보내지는 혈액양이 많아진다. 뇌에 좋은 영양과 산소가 공급되면 두뇌가 급격히 향상된다. 깊은 호흡의 효과이다.

단전호흡과 종교건강법

종교건강법

이 책 내용에 중복 설명이 있더라도 양해하기 바란다. 단전호흡과 기의 작용을 설명하는 데는 그만큼 상관관계가 있기 때문이다.

나는 단전호흡을 통해 전쟁공포증을 물리치고 두려움도 이겨냈고 건강도 찾았다고 말했다. 그 핵심으로 사람은 '두려움'을 이겨내면 '사랑'을 느끼게 되면서 건강할 수 있게 된다는 사실이다.

정신적 질서는 '사랑'이고, 무질서는 '두려움'이다. 사람은 태어날 때 사랑 하나만 가지고 태어난다. 두려움은 후천적으로 생긴다. 이 두려움이 장난을 치면 사랑은 사라지고 건강도 상실하게 된다.

사랑과 두려움의 힘을 비교한다면 1:3으로 사랑의 힘이 약하다고 생각한다. 해서 세상에는 사랑을 느끼는 사람보다 두려움을 느끼는 사람이 훨씬 많은 것이다.

두려움에 포로가 돼 마음에 고통 받던 사람이 교회에 다니면서 하나님이 자신을 사랑한다는 '믿음'을 갖고부터 매우 건강해진 사례는 무수하다. 요즘 코로나19로 정부에서 교회집회를 금지해도 '예배 아니면 죽음'이라 할 정도로 몰입하는 신자들은 이런 믿음 때문에 그러는 것이다.

사람은 두려움 때문에 어떤 절대존재에 매달리며 구원을 갈구한다. 그것이 종교적 신神일 수도 있고 절대통치자인 왕, 스포츠나 연예계의 스타일 수도 있다. 지금도 태국과 오만 등 몇 나라에서 절대 왕이 존재하는 까닭이다.

북한의 TV에서 사람들이 어린 김정은을 가까이에서 보고 몸을 떨며, 눈물을 흘리고 울기까지 하는 것을 보는데, 이는 스스로 그를 절대존재로 신격화해서 구원을 느끼는 때문이다. 독재는 두려움도 주고 구원도 준다. 그런데 구원받는 사람 숫자가 몇 배 많아서 계속 존재하는 것이다.

역사는 사람들의 '두려움'을 이용해 권력을 독점한 무리가 만들었다고 해도 과언이 아니다. 지금까지 가장 합리적으로 두려움을 관리해 권력을 독점한 시스템이 '민주주의'란 것이다. 민주주의에서 권력을 독점하는 무리는 두 부류가 있다. 소위 '보수'와 '진보'이다. 앞으로도 사람들은 두 부류에 의해 교대로 지배당하면서 살 수밖에 없다.

그러나 단전호흡을 하면 기가 아랫배에 자리하면서 두려움을 이겨내고 자신을 절대 권력으로 믿게 된다. 해서 보수나 진보에 상관없이 평안하게 살 수 있게 된다. 설사 두려움에 쓰러져도 오뚝이처럼 다시 일어날 수 있게 된다.

케이블 TV MBN에서 「나는 자연인이다」라는 프로를 보면,

자연인들은 과거에 육체적으로, 정신적으로 죽기직전의 고통을 겪은 경우가 대부분이다. 그들은 가족과 생이별하고 혈혈단신으로 산속에 들어와 죽음 직전에서 건강을 회복하고 마음의 평화를 얻었다고 말한다. 그들은 산에서 신선한 공기, 채소, 약초를 먹어서 그렇게 됐다고 말하지만 나는 다르게 생각한다.

그들이 과거에 겪은 고통은 병 때문이 아니라 죽음에 대한 '두려움' 때문이었다. 이들은 자신을 두려움 속에 던져서 살아난 것이다. 낮이나 밤이나 산속에 혼자 있다는 것은 자신을 두려움에 던진 것이다. 두려움과 진검승부를 하다 보니 아랫배(단전)에 기가 뭉쳐져 이길 수 있었던 것이다.

이는 군인과 스포츠선수들이 혹독하고 두려운 훈련을 통해 아랫배에 힘의 뭉치氣를 만들어 두려움을 이기는 방법과 흡사하다.

유명한 축구선수였던 이영표가 은퇴할 때 성공했던 비결을 하나만 말하라고 하니까, "두려움을 물리치는 것"이라고 말했다. 성공비결이 '기술'이 아니라 두려움을 물리치는 것이었다. 선수가 경기장에 들어와서 두려움을 느낀다면 능력발휘를 제대로 못할 것은 당연하다.

한국의 세계적 여자골프선수로 미국 LPGA(여자골프협회) 명예의 전당에 동양인 최초로 헌액獻額된 박세리는 초등학생 시절에 매일 밤 아버지가 캄캄한 공동묘지에 데리고 가서 수천 번의 샷shot을 연습시켰다고 한다.

어둠 속에서 기술을 얻을 수는 없다. 두려움을 이기는 배짱을 얻으려는 것이다. 그 결과 박세리 선수는 1998년 미국 LPGA에 입문한 첫해에 메이저대회 2회, 일반대회 2회의 놀라운 우승을 거두어 세계인과 우리 국민들을 놀라게 했다.

사막지역의 토속건강법

세계적으로 지역마다 토속 종교가 절대 권력을 누리고 있다. 절대 권력의 근원은 토속음식에 있다. 만약 토속음식을 어기면 병에 걸려 죽기도 한다. 이런 점을 이용해 생긴 것이 토속종교이다.

냉장고가 없던 시절에, 중동지역에서는 돼지고기, 비늘 없는 물고기, 등 푸른 생선 등을 먹으면 배탈이 나서 죽기도 한다. 이것들은 불포화지방산이 많아 더운 날씨에서는 쉽게 부패해서 식중독에 걸리기 쉽다. 우리나라에서도 "여름에 돼지고기는 잘 먹어야 본전이다"란 말이 있다. 이를 예방하려면 아예 먹지 못하게 하면 된다. 이 때문에 중동지역 토속종교인 회교에서는 식중독 가능성이 있는 음식을 '율법'으로 금하고 있다.

구약성경과 회교경전이 그러한 율법이다. 지금도 중동지역에 기독교신교가 발을 들여놓지 못하는 데는 그 지역에 맞는 음식을 먹도록 한 유대교와 회교의 율법 때문이다. 회교는 하루에 5번씩 엎드렸다가 일어나기를 반복하는 기도를 하게 해서 허리와 하체를 강하게 하여 더욱 확실한 건강을 보장해서 유대교보다 영역을 확대했다.

우리나라처럼 사계절이 확연한 나라는 토속종교가 생길 수 없다. 유대교와 회교는 서로가 앙숙이지만 토속건강법은 비슷하다. 신도들은 누가 율법을 어기고 먹은 경우 배탈이 나서 죽는 것을 봤기 때문에 철저히 지키게 된다.

예수의 기독교가 탄생지인 이스라엘에서 쫓겨난 것은 유대교의 율법을 무시했기 때문이다. 신약성경은 돼지고기나 비늘 없는 생선을 금하고 있지 않고 있다. 이 때문에 기독교는 중동 이외의 지역에서 성행하게 되었다.

단전호흡은 토속종교가 없는 우리나라에서 맞는 수련법이다. 만약 단전호흡을 수련하기 원하는 사람은 자기가 사는 동네의 주민센터(동사무소)에서 운영하는 자치프로그램에 1시간 정도 소요되는 단전호흡수련이 있으니 참가하면 된다.

수련비는 가성비로 보면 거의 무료에 가깝다(월 2~3만원).

우리민족은
기氣를 믿고 살아왔다

우리민족의 뛰어난 기와 유전자

미토콘드리아와 기

사람의 몸을 구성하는 세포 하나에는 핵, 소포체, 리보솜, 미토콘드리아 등의 소기관이 들어 있다. 이 중 소세지 모양의 미토콘드리아는 한 개의 세포 내에 수천 개가 우글거리고 있다.

미토콘드리아는 세포핵 안의 DNA와 달리 자체의 고유한 DNA를 가지고 있고 모계로만 유전되는 특성이 있는데, 진화 과정에 외부에서 세포 내에 침투해 세포 소기관으로 자리 잡은 것으로 보고 있다.

이런 특성을 지닌 미토콘드리아가 중요한 것은 세포에서 에너지를 만들어 내기 때문이다. 미토콘드리아에는 전자전달계라는 아주 미세한 시스템이 작동하고 있다. 당질, 지방질, 단백질 등의 식품이 소화 흡수돼 세포 내로 유입되면 이 시스템이 작동해 생체에 필요한 에너지, 즉 ATP라는 화학 에너지를 생성하게 된다.

그러니까 세포들은 미토콘드리아라는 자체화학공장의 생산라인에 의해 생성된 에너지를 이용해 근육수축 등의 일을 한다. 미토콘드리아의 역할에서 인간의 기(생체에너지)의 역할을 찾아낼 수 있다고 생각한다.

미토콘드리아의 생산라인인 전자전달계에 자극이 주어질 경우 전자가 빠져나가면서 에너지의 위상 차이가 생긴다. 이때 조그만 댐 같은 막이 형성되고 다시 그 막에 의해 전압차가 생겨 프로펠러 같은 것이 돌아가 ATP라는 화학 에너지를 생산한다. 마치 수력발전으로 전기를 생산하는 것과 같은 이치이다.

노화와 미토콘드리아

미토콘드리아의 기능 감소가 노화의 원인이 된다는 이론은 지금까지 나온 여러 노화이론 중 가장 설득력이 있다. 기가 왕성한 아이들을 보면 엄청나게 뛰어다니고 지칠 줄 모르지만 나이를 먹어서는 그렇게 할 수 없다. 운동선수도 나이가 들수록 기량이 쇠퇴하게 마련이다.

이는 에너지를 생산하는 기관인 미토콘드리아가 점점 그 기능을 잃어가기 때문이다. 더구나 나이가 50세쯤 되면 미토콘드리아 수가 많이 줄어든다고 한다. 나이가 들며 기가 빠진다는 것은 미토콘드리아가 그만큼 손상되고 있다는 말로 이해할 수 있다.

노화와 활성산소(유해산소) 이론도 미토콘드리아를 빼고는 설명하기 힘들다고 한다. 미토콘드리아가 체내에서 에너지를 생성하는 과정에서 부득이 이물질이 나오는데 이것이 활성산소를 생산해 주변의 세포물질들을 파괴한다는 것이다.

이와 같이 미토콘드리아는 쓰면 쓸수록 손상되어 세포의 노화, 즉 사람의 노화를 촉진한다. 또한 미토콘드리아의 기능 감소가 당뇨병, 고혈압, 고지혈증, 비만증 등 각종 성인병의 원인도 된다고 한다.

의학계에서는 일반적으로 당뇨병과 고혈압은 그 병을 발생시키는 요인이 있다고 생각해왔다. 특히 성인병 같은 퇴행성 질환들의 대부분은 미토콘드리아가 기능을 잃고 숫자가 감소하는 데서 연유하는 것으로 보고 있다. 우리 몸에서 미토콘드리아가 양적인 변화를 일으키면 혈압이 높아지고 비만해지며 콜레스테롤이 높게 나타나는 증상을 일으킨다는 것이다. 결국 미토콘드리아의 기능, 즉 생체에너지氣를 생성하는 능력이 저하되면 성인병이 생기게 된다.

사람들은 나이가 들어감에 따라 혈압, 혈당치, 체중, 콜레스테롤 수치 등이 올라가게 마련이다. 그런데 의료계에서는 일정한 '가이드라인'을 그어놓고 그 수치를 넘어서면 성인병이라고 진단하고 치료를 하려고 하는데, 엄밀히 말해서 성인병은 미토콘드리아의 감소에 따른 증상이라고 보아야 할 것이다.

미토콘드리아는 우리 세포 전체 어디에나 있다. 그래서 나이를 먹는다든지 활성산소와 같은 산화스트레스를 받으면 그 기능을 조금씩 잃어가고 몸 전체가 그 영향을 받지 않을 수 없게 된다.

성인병의 예방과 치료를 위해서는 세포의 미토콘드리아 숫자를 늘리거나 손상되기 쉬운 미토콘드리아를 보호해 주면 된다. 미토콘드리아 양이 많으면 많을수록 성인병과 노화를 막아 줄 수 있다. 미토콘드리아의 감소를 막는 방법으로 단전호흡이 가장 적합하다고 생각한다. 단전호흡에서 생기는 기는 미토콘드리아의 에너지와 같다고 생각한다. 단전호흡 외에 단식, 운동, 걷기, 등산 등도 좋은 방법이며 채식과 육식을 8:2의 비율로 하는 것도 지키면 된다.

기수련을 하면 '생체에너지'가 좋아지는데 이는 미토콘드리아를 강하게 해서 뇌의 활동, 즉 정신력도 강화한다. 우리 인체는 전체가 하나로 연결돼 있기 때문에 뇌기능을 강화하면 근육도 건강해진다. 뇌의 어느 부위가 손상되면 어느 근육에

마비가 오고, 특정한 근육을 잘라버리면 그 근육을 조절하는 뇌의 기능도 다치게 된다.

운칠기삼運七技三

옛 속담에 "호랑이한테 물려가도 정신만 차리면 살 수 있다"는 게 있다. 정신을 잃는 것을 기절氣絶한다고 말한다. 즉, 기가 끊어졌다는 뜻이다. 이 속담을 다시 풀어보면 "호랑이한테 물려가도 기만 살아 있으면 살 수 있다"는 뜻도 된다.

예전에 호랑이는 '절대적 폭력'으로 대항이 불가능하고 오직 피해야할 대상이었다. 이런 호랑이를 기로써 대항한다는 발상은 대단한 자신감이다. 선조들은 기를 사람의 능력으로 해결할 수 없는 문제까지도 해결하는 불가사의한 힘이 있는 것으로 보았다.

선조들은 기를 살리기 위해 산신제, 천도제를 지내며 음주가무로 축제를 했다. 이러한 축제관행은 전통사회에서는 종교로 발전해 정제된 기를 생성했다. 산업사회에서는 경영자와 노동자가 교섭을 통해 기를 살리려 애썼다. 지금의 여가사회에서는 올림픽, 월드컵, 국가대항전 등으로 흥미, 재미, 품격을 혼합한 축제로 기를 살리고 있다.

운運이 성공을 만든다

사업가들은 "이번에는 운運이 좋아서 잘 됐다."고 말한다. 입시생은 "운이 좋아서 합격했다."고 말한다. 그것은 '끗발', 즉 '뒷심'이 강해서 잘 된 것이다.

좀 적절치 못한 예지만, 노름판에서는 초저녁에 돈을 땄다고 알아주지 않는다. 새벽녘 판이 끝날 때 돈을 딴 사람을 알아주는데 '끗발'이 있기 때문이라고 말한다. 노름에서 흔히 하는 말로 운칠기삼運七技三이라는 것이 있는데, 운수가 70%이고 기술이 30%라는 뜻이다. 여기서 운이란 것이 바로 기술로는 어떻게 할 수 없는 어떤 힘인데 이것이 '끗발'이라고 하는 것이다.

이 모든 말들은 '기'를 의미하는 것이다. '운'이란 것은 운명과는 다른 것으로 흐르고, 움직이고, 돈다는 뜻을 가지고 있다. 이것은 기와 동질성을 가진다. 즉, 기는 흐르고 움직이고 돌아야하며 만약 막히면 병이 되고 심한 경우 죽기도 한다. 따라서 기는 실력, 노력, 상식 등에 플러스알파로 작용한다고 할 수 있다.

기가 계속 도는 것을 '기운'이라고 한다. 따라서 운이 좋았다는 말은 기가 잘 돌았다고 보는 것이다. 기는 쌓여야 잘 돌 수 있다. 기가 쌓이려면 기수련동작들을 꾸준히 해야 한다. 단전호흡이나 운동을 하면 된다.

기로 신체를 관리하라

대추혈과 비만치료

경추와 어깨가 만나는 지점에 있는 경혈인 대추혈은 한방에서는 감기, 기관지천식, 두통, 고혈압의 치료점이라고 한다.

대추혈은 중추신경이 통과하는 경혈이라 자극을 주면 폐장, 심장, 위장, 간장 등에 기혈氣血을 유통시켜서 건강까지 얻을 수 있다.

감기가 걸렸을 때 헤어드라이어로 대추혈을 따뜻하게 열을 쏘여주면 상태가 좋아지는데 기가 막힌 대추혈을 뚫어 주는데서 생기는 효과이기도 하다.

운동 중에서 골프는 대추혈을 자극하기 때문에 노령에도 건강에 좋다고 인기가 있다. 골프스윙은 대추혈을 중심으로 어깨가 좌우로 회전하며 자극한다. 이때 아랫배에 묵직한 느낌을 갖게 되는데 축기縮氣가 되는 현상이다. 상체가 최대한 비틀리면 아랫배에 강한 기가 생기며 척추도 꼿꼿해 진다.

기공수련이나 단전호흡, 요가 등에서는 척추를 좌우로 회전하고 목을 앞뒤로 굽혔다 젖혔다 하는데 대추혈이 중심점이 된다. 굳어지기 쉬운 척추를 정방향과 반대방향으로 움직여 척추를 유연하게 해 기를 유통하는 시작점이기도 하다.

요새 사회적 문제로 떠오른 비만의 원인은 목의 대추혈과 깊은 관계가 있다. 경추가 유연하지 못하고 경직돼 있으면 비만은 필연적일 수밖에 없다. 경추가 굳어 있으면 목의 회전이 힘들기 때문에 기의 순환이 잘 안 돼 오장육부의 기능이 둔화되고 비만해 지는 것이다.

경추를 유연하게 한다고 목운동만 하는 사람들이 있는데 잘못된 것이다. 목뼈인 경추의 경직은 알고 보면 하반신에서 연유되는 경우가 대부분이다. 사람은 직립 동물이기 때문에 고관절이 수평으로 잡혀 있어야 척추가 똑바로 서게 된다.

고관절이란 양다리를 받치고 있는 뼈로서 골반과 함께 붙어 있다. 건물에 비유한다면 주춧돌과 같은 역할을 한다. 만약 고관절이 비뚤어지거나 기울어졌을 경우 척추도 기울게 된다. 특히 목뼈는 몸의 맨 위에 있고 머리의 무게를 단독으로 지탱하기 때문에 척추보다 훨씬 기울기 쉽고 경직되기 쉽다.

단전호흡수련에서 행하는 조신법(스트레칭)은 대추혈을 중심점으로 척추를 바로 잡는데 큰 효과가 있다.

뇌기능 개선

사람의 건강은 뇌기능 상태를 보면 알 수 있다. 머리가 복잡한 사람치고 건강한 사람은 없다. 뇌기능이 좋다는 말은 무슨 뜻인가?

사람의 능력은 뇌기능의 차이에 좌우되는 것으로 알려져 왔다. 두뇌가 잘 돌아가면 유능하게 되는 것이다. 뇌기능은 뇌세포에 강력한 생체에너지氣가 공급되면 신경의 혼란이 정돈되면서 좋아진다. 또한 오장육부와 연결된 신경이 정상적으로 작동해 몸도 건강해진다.

생물학적으로 생체에너지라는 것은 기와 같은 것이라고 생각된다. 따라서 뇌기능이 떨어지는 사람은 기가 약하고 건강에도 적신호가 있다는 증거로 보면 된다. 내 경험에 의하면 기수련을 많이 한 뒤에는 어떤 골치 아픈 일이 생겨도 머리가 아프거나 스트레스가 생기지 않는다. 그러나 기수련을 등한히 해서 기가 약할 때는 원고 쓰기도 싫고 일하는 자체가 귀찮아 진다.

그 까닭은 인간의 뇌에 있는 약 30조 개의 신경전달회로인 시냅스synapse가 흐트러지고 무질서해지기 때문으로 추정된다. 미국의 소아정신과 의사인 멜 레빈Mel Levine, MD박사는 이 천문학적 시냅스가 무수한 조합을 이루면서 제대로 연결되기도 하고 잘못 연결되기도 한다고 말한다. 여기서 각양각색의 성격과 두뇌의 우열은 물론 건강문제가 생기게 된다고 한다.

레빈 박사는 시냅스 조합에 의해 이루어지는 인간의 신경계를 대략 8가지 계열로 나누고 있다.

①주의력 조절계 ②기억계 ③언어계 ④공간 정렬계 ⑤순서정렬계 ⑥운동계 ⑦고등사고계 ⑧사회적 사고계가 그러한 것들이다.

이 모두를 서로 연결시키는 매개체가 생체에너지, 즉 기氣라고 할 수 있다. 기가 강하면 정상적으로 연결돼 유능하게 되지만 기가 약하면 8가지 가운데 몇 가지에만 연결돼 편향적 성격이 된다.

도전능력

리버티 미디어를 창업하고 디스커버리 TV, CNN TV를 공동으로 창립한 피터 바튼은 "실수를 두려워 않고 도전할 요량이면 가속페달에만 발을 올려놓아라. 브레이크를 밟을 준비를 하려면 나와 같이 일할 자격이 없다"고 말한다.

오직 도전과 모험을 두려워하지 않는 기가 산 사람이 이 시대의 주인공임을 말해준다. 브레이크 없는 변화와 불확실성 속에서 사람들은 두려움에 떨며 살 수밖에 없다. 그 두려움에 지면 끝장이다. 두려움에 떨지 않고 목표를 쟁취하는 배짱氣을 갖는 방법이 깊은 호흡인 것이다.

골프시합에서 3라운드까지 선두를 달리던 선수가 마지막 라운드에서 우승을 놓치는 경우를 흔히 보게 된다. 다른 선수들이 혼신을 다해 추격해옴을 의식하는 순간 긴장해서 호흡이 깊이 되지 않아 기가 약해지는 데서 생기는 일반적 현상이다.

2004년 아테네 올림픽에서 우리나라 여자 양궁 단체전을 예로 보자. 우리나라 팀과 중국 팀의 결승전에서 박성현 선수는 마지막 두발 째에서 8점을 쏘아 중국 팀과 동점이 되었다. 그런데 중국선수는 마지막 화살로 9점을 쏘아서 박성현 선수의 마지막 한발이 10점이면 금메달이고 9점이면 연장전이며 8점 이하면 은메달인 절체절명의 상황이 되었다. 놀랍게도 박 선수는 10점 만점을 쏘아 우리나라는 1점 차이로 금메달을 땄다.

이때 박 선수는 초조하고, 실수를 할까봐 두렵고, 꼭 10점을 쏴야한다는 강박감에 온 몸은 긴장되고 굳어지기 쉬었을 것이다. 나중에 박 선수는 "꼭 10점을 쏘겠다고 생각하지 않고 평소 연습한대로 '호흡을 가다듬고' 원칙대로 쏘았다"고 말했다.

이런 생각 때문에 그녀는 초조하지도 않았고 아랫배에서는 기가 뭉쳐 제 실력을 발휘할 수 있었던 것이다.

3부

기氣를
무시한
건강 상식들

건강에 관한
여러 주장들

먹거리에 관한 주장들

사람의 건강관리에는 정답이 없다. 대개의 사람들은 자신이 듣고 얻은 상식으로 건강관리를 하다가 오히려 몸을 망치는 경우가 있다. 특히 먹거리에 관한 왜곡이 많다. 내 몸은 내가 지켜야 한다. 이를 방지하기 위해선 제대로 된 건강 상식을 갖는 게 필요하다. 이러한 편향된 주장들을 하나씩 옳고 그름을 알아보기로 하자.

사람도 원숭이처럼
채식이 좋다?

음식에는 채식과 육식이 있는데 채식은 음성이 강하고 육식은 양성이 강하다. 동물 가운데 육식을 하는 동물은 고양잇과의 호랑이, 사자, 늑대, 여우, 하이에나, 악어 등 소수의 야생동물로 한정돼 있다. 거의 전부인 나머지 동물은 채식을 한다. 심지어 코끼리, 코뿔소, 들소(버펄로), 기린 같은 몸집이 큰 동물들도 채식을 한다. 특히 나무에서 생활하는 원숭이는 대표적인 채식동물이다.

끼니, 즉 식사를 곡기穀氣라고 한다. 이는 음식이 우리에게 후천적으로 기를 공급하는 것임을 의미한다.

세계적 동물학자인 영국의 데스몬드 모리스박사는 그의 저서 『윙크하는 원숭이』에서 인간은 지구상에 현존하는 193종의 원숭이와 유인원 가운데 한 종류라고 정의한다.

인간은 나무에서 생존하는 기술력이 약해서 지상에서 살게 됐는데, 여러 동물들과 생존경쟁을 하다 보니 무기를 사용하게 되면서 지능과 신체도 진화됐다고 한다.

인간은 사냥으로 생존하는 게 힘들어지자 농사법을 개발하고부터 채식으로 돌아오게 되었다. 인간은 원숭이의 한 종류이기에 육식보다 채식이 적합하다.

그러나 채식이 좋다고 채식주의자들이 주장하는 주장대로 하면 안된다. 그들은 100% 채식만을 주장하고 육식은 1%도 배척한다. 이들은 원시적인 사고에서 벗어나지 못하고 있다. 복잡한 현대사회에 적응하기 위해선 체력이 필요하다.

체력은 음양陰陽의 기가 조화를 이룰 때 생긴다. 음성의 채식만으로는 양성 에너지氣를 충당할 수는 없기 때문에 육식도 혼용해서 먹어야 한다. 영양학자들에 의하면 채식에는 미네랄이 부족해서 신체성장에 필요한 미네랄을 육식을 통해 공급해줘야 한다고 주장한다.

사람에게 채식이 좋은 건강법이란 주장은 옳지만 인간은 원숭이와 달리 문명생활을 하는 때문에 대량의 에너지가 필요하다. 해서 사람은 채식과 육식을 잘 배합해서 필요한 에너지를 공급할 필요가 있다.

내가 체험한 바로는 채식 80%, 육식 20%면 적합하다고 본다. 뒤에서 비만치료법을 설명할 때 자세히 서술하기로 한다.

광우병은 육식이 원인

우리는 생활이 윤택해지면서 육식이 더 맛있다고 많이 먹게 되었다. 육식은 에너지도 많이 공급해 좋을 것이라고 생각하기도 한다. 그러나 사람은 원숭이의 한 종류여서 신체구조는 채식에 알맞다. 육식은 필요하지만 그 한계를 가지고 있다.

한 예로, 소의 광우병을 살펴보자. 채식 신체구조의 소에게 육식사료를 많이 먹이다보니 광우병이 생긴 것이다. 미국이 소에게 육식사료를 금지한 법률을 시행하면서 광우병은 없어졌다.

사람의 건강도 과다한 육식은 정신적으로 착란, 불안, 우울증 등과 육체적으로 당뇨, 암, 비만, 고혈압 등을 유발한다. 그렇다고 채식만 하면 건강하다는 것도 무리한 주장이다.

우리나라는 채식만도 육식만도 할 수 없는 식단구조로 돼 있다. 우리는 세끼를 밥과 반찬을 먹는데 반찬은 거의가 김치, 깍두기, 나물 등 채식 위주로 돼있다. 소고기국과 불고기, 생선이 밥상에 올라가지만 부식일 뿐이다.

가끔 식당에 가서 갈비나 불고기, 삼겹살을 먹더라도 밥, 김치, 나물반찬 등을 먹기 때문에 육식만을 하는 게 아니다. 육식이란 서양인처럼 커다란 고깃덩이인 스테이크를 주식으로 먹고 야채나 감자 등을 곁들여 먹는 것을 말한다.

의학적으로 한국인의 장腸은 9m로 길어 채식에 맞도록 진화돼있다. 육식을 하면 장에 머무는 시간이 길어 변비 등의 문제가 있다. 반면 서양 사람들은 장이 6m로 짧아서 육식을 해도 머무는 시간이 짧아 배출이 용이하다.

다행히 동양인이나 서양인이나 채식과 육식을 혼용하는 지혜를 가지고 있다. 장이 건강하면 변비가 없어 노폐물의 배출이 원활해서 혈액과 수액이 맑게 된다. 우리는 채식과 육식을 8 : 2로 배합해서 먹으면 좋다.

유전자에 답이 있다

병은 혈액의 혼탁에서 생긴다. 혈액을 정화하기 위한 방법이 채식, 단식, 생식, 운동 등이다. 혈액의 혼탁으로 걸리는 병을 흔히 성인병이라고 부르는데 체력을 갉아먹고 수명을 단축한다. 이를 예방하는 방법은 유전자를 건강하게 해야 한다.

의학적으로 인간의 병은 유전자에 근본적 원인이 있다고 한다. 유전자는 그 크기가 너무나 작아서 30해核 분의 1그램이라는 단위로 표시한다. 세계 총 인구를 60억 명이라고 할 때 모든 사람의 유전자를 긁어모을 경우 총 합계는 겨우 20cc(골프공 크기)밖에 안된다고 한다. 이 유전자가 몸의 건강과 병, 습관, 사고방식, 운명 등을 좌우한다.

만약 어떤 사람이 위암에 걸렸다고 하자. 그는 기관(위장)을 수술했다고 위암을 완치할 수 없다. 기관은 조직으로 구성 됐기 때문에 조직을 고쳐야 한다. 그런데 조직은 세포로, 세포는 세포핵으로, 세포핵은 염색체로, 염색체는 유전자로 구성돼 있다. 결론적으로 위암은 유전자를 고쳐야 완치가 된다.

유전자는 어떤 약품의 분자보다도 수만 배가 작다. 해서 약품은 유전자에 도달할 수가 없기 때문에 방사선으로 암 유전자를 죽여야 하는데 조직과 세포도 함께 죽일 수밖에 없는 것이다.

그런데 기는 빛과 같아서 유전자까지 파고 들어가 암을 고칠 수 있다. 나는 개인적 체험으로 기는 유전자까지 도달해서 병도 고치고 인성도 바꿀 수 있다고 믿는다.

우리는 암 환자들이 기 치료로 기적처럼 완치된 얘기를 들은 바 있다. 병원을 전전해도 건강을 찾지 못한 사람들이 기 치료를 받아 낫는 경우도 있다. 이는 기가 유전자 속까지 들어가 병든 유전자를 퇴출시켜서 병을 낫게 하는 것이라 추측된다. 그러나 이것은 의학적으로 증명된 것이 아님을 밝힌다.

채식과 육식은 기후풍토에서 연유한다

기후氣候란 천기天氣라고도 하는데 한 지역의 기의 상태를 말하는 것이다. 따라서 지역마다 그곳에 맞는 기氣음식이 있다. 각 지역마다 채식과 육식에 관한 습관이 다른 까닭이다.

앞의 토속건강법에서 언급했듯이 인도에서는 힌두교도들과 기독교도들 간에 채식과 육식 문제로 충돌하기도 한다.

힌두교가 소고기를 금하는 까닭

힌두교도들은 기독교인들이 소를 잡아먹는 것에 모욕감을 느낀다고 항의한다. 반면 기독교인들은 힌두교는 신도들에게 소고기를 금지하고 굶주리게 하므로 소고기를 먹게 해서 건강하고 행복한 생활을 하는 게 바람직하다고 반박한다.

힌두교에서 소를 신성시하는 까닭은 소가 농경사회에서 절대적 노동을 제공해서 귀한 대접을 받고 율법으로 밀도살을 금지했다는 설이 가장 유력하다. 그러나 이 주장은 모순이 있다. 우리나라나 중국 등 농경국가에서도 소는 농사에 절대적으로 기여했지만 이런 율법은 없었다.

나는 인도 특유의 풍토 때문에 주민의 건강을 위해 소의 도살을 금지했다고 생각한다. 그 이면에는 신도들에게 소를 잡아먹지 못하게 해서 건강하게 하려는 뜻이 숨어있다고 생각한다.

인도의 소들은 우리나라 소들과 달리 더운 날씨를 견디기 위해 더러운 웅덩이에서 뒹굴고 되새김질하기 때문에 균에 많이 오염돼 있다. 이렇게 오염된 소를 잡아 먹으면 병에 걸리기 때문에 힌두교 율법으로 먹지 못하도록 한 것이다. 이는 회교가 건강 때문에 돼지고기를 금지한 것과 같다. 냉장고가 보급된 현재도 이 율법은 그대로 존중된다.

회교가 돼지고기를 금하는 까닭

회교 지역 중동에 사는 사람들은 사막 기후로 인해 채소를 거의 먹지 못한다. 회교율법은 양, 염소 등 육류와 생선 가운데 부패가 더딘 일부 생선만을 먹도록 허용한다.

반면 더운 기후에서 부패하기 쉬운 돼지고기와 생선 가운데 불포화지방산이 많은 비늘 없는 물고기와 지느러미가 없는 물고기, 바닥을 기어 다니는 동물은 먹지 못하도록 율법으로 금하고 있다.

그런데 지금은 냉장고와 조리기구가 발달돼 있는데도 돼지고기와 생선을 금하는 것은 사리에 맞지 않다고 볼 수 있다.

우리는 좋은 기후풍토에서 어떤 음식을 먹어도 되니 축복받은 것이라고 할 수 있다. 동양인은 서양인보다 장이 길기 때문에 육식을 많이 하면 변비가 돼 부패한 음식에서 발생한 독가스가 혈관을 타고 온몸에 퍼지게 된다. 단전호흡 수련이 좋은 것 중 하나가 변비를 해소하는 것으로 대장의 독소를 청소해 주는 것이다.

동양인에게 육식이 폐해는 있지만 채소에는 미네랄이 부족하기 때문에 육식을 어느 정도 해야 한다. 미네랄이 부족하면 성장발육이 온전치 못하게 된다. 육식을 못한 나라 아이들이 신장이 작고 비쩍 마른 것을 보면 이해가 갈 것이다. 건강한 성장을 위해서는 채식과 육식이 잘 조화를 이루는 것이 중요함을 다시 강조한다.

우리나라에서는 예전부터 소꼬리탕, 우족탕, 도가니탕을 귀하게 여겼고 지금도 식당에서는 값이 훨씬 비싸다. 이것들에는 연골이 많이 포함돼 있어서 오래 끓이면 살코기보다 몇 배의 미네랄이 나오게 된다.

채식을 주로 하던 우리에게는 매우 귀한 미네랄을 얻는 방법이라고 할 수 있다. 영양학적 지식이 없던 조상들의 지혜에 감탄할 뿐이다. 반면 서양에서는 이런 것들을 버려왔었다.

육식의 독소제거방법

　　　　　　우리 선조들은 생일이나 제사를 준비할 때 전날 밤에 불고기를 준비하면서 간장과 참기름에 절여서 독을 뺀 다음에 먹었다. 그 독이 영양학에서 말하는 콜레스테롤이다.

참기름에는 있는 리놀산이 콜레스테롤을 제거한 것이다. 아무런 영양학적 지식이 없는 선조들이 참기름의 효능을 알고 있었다는 지혜에 놀라울 뿐이다.

조상들은 삼겹살, 머리고기, 수육도 고아서 먹거나, 구워 먹는 경우라 하더라도 각종 한약재와 양념을 한 후 숯불에 구워내 지방이나 나쁜 기운들을 없앤 후에 먹었다. 서양에서처럼 피가 뚝뚝 떨어지는 소고기를 구워 스테이크를 만들어 먹는 조리법은 한식에는 없다.

만약 고기를 먹더라도 육식에서 생기는 과다한 노폐물이 체내에 축적되는 것을 예방하면 된다. 고기를 먹은 후 밥은 먹지 말고 대신 야채를 먹는 소식素食을 권한다. 밥을 먹으면 탄수화물에 의해 고기의 단백질이 혈당을 높이게 된다.

탄수화물은 포도당으로 분해되어 혈관 내로 들어와서 근육운동, 체온유지, 뇌 활동에 필요한 영양을 공급한다. 그러나 사무기기의 발달로 운동량은 적어졌는데 탄수화물을 많이 섭취하면 뇌는 몸에서 영양분이 충분하다고 착각하고, 식사 때 단백질과 지방을 먹지 않도록 명령한다.

　이 때문에 식사 전에 과일이나 과자를 먹으면 단백질과 지방음식을 피하게 된다. 탄수화물 다이어트라는 것은 이런 원리를 이용한 것이다. 아이들의 경우 단백질과 지방을 섭취해야 잘 성장할 수 있는데 단 과자 등을 먹으면 단백질과 지방이 부족해져 성장에 방해가 된다.

　고기를 먹는 경우 밥은 먹지 않고 야채를 많이 먹으면 좋은 미네랄이 탄수화물로 변하지 않고 건강에 좋게 되는 까닭을 이해했으리라 믿는다.

많이 웃어야 건강에 좋다?

너무 웃으면 기가 빠진다

건강에는 기준이 있다. 나는 첫째에서 열째까지도 기운이 건강의 기본이라고 생각한다. 기운이 약하면 덩치가 크더라도 힘이 약하다. 기운만 세면 덩치가 작아도 힘이 세다. 최근 기운을 강화하는 기체조가 유행하고 있다.

요즘 의사와 건강전문가 가운데 TV에 나와서 많이 웃어야 건강에 좋다고 주장하는 사람들이 있다. 나는 웃음이 건강에 좋다는 것은 부정하지 않는다. 그러나 웃음이 기운을 보강하는 것이라야 건강에 좋다고 생각한다.

잠시 웃는 것은 좋지만 너무 많이 웃으면 기운이 빠진다. 너무 오래 웃다보면 힘이 빠지는 것을 느낀 적이 있을 것이다. 웃는 방법에 따라 기운이 빠질 수도 있고 강화될 수도 있다.

웃음에는 3가지가 있다. 눈만 웃는 것, 목으로만 웃는 것, 아랫배로 웃는 것이 있다. 첫째는 득도 실도 없다. 둘째가 문제다. 사람은 목으로만 웃으면 폐장에서 공기가 계속 빠져나가게 된다. 이를 허파에서 바람이 샌다고 말한다. 옛날부터 '허파에 바람 빠진 사람'은 싱겁고 신용할 수 없는 것으로 치부했다. 그래서 옛날 어른들은 어린이가 너무 웃으면 "이 아이가 실성했나? 왜 이렇게 웃어대!"하며 질책했었다. 너무 웃으면 얼빠진다고 믿었다.

　많이 웃을수록 건강에 좋은 웃음은 셋째의 아랫배로 웃는 것이다. 우리가 "배꼽이 빠지도록 웃었다"는 웃음이다. 이는 횡격막이 아랫배까지 내려가면서 웃었기 때문에 복압이 높아져 배꼽이 빠질 것 같은 느낌을 준다는 뜻이다. 마치 단전호흡을 많이 하는 것과 같은 효과가 있는 것이다.

7정의 관리를 잘 해야

　　　　　　　　　완전 건강은 7정七情의 균형에서 생긴다. 우리의 완전한 건강을 위해서는 기氣·혈血·수樹의 균형을 유지하는 것이 비결이다. 수는 혈액 이외의 침과 가래, 담, 소변 등 수액을 말한다. 이 세 가지의 균형은 기의 흐름이 좋아야 한다. 만약 입에 침이 마른다면 이는 기의 흐름이 나빠서 그런 것이다. 이때는 '수'의 균형이 무너진 것을 의미한다. 또한 혈액에 콜레스테롤 수치가 높다거나 어혈이 많다면 기의 흐름이 나빠서 혈의 균형이 깨진 것을 의미한다.

　기·혈·수의 균형을 깨뜨리는 요인으로 무엇이 있을까?

　여기에는 육체적 균형과 정신적 균형이 있다. 육체적 균형으로 가장 우선하는 것이 음식물의 섭취다. 자식이 귀엽다고 너무 호의호식을 시키면 기가 약해진다. 요새 비만한 아이들이 사회적 문제가 되고 있다. 심지어 어린이 당뇨 환자도 있다.

이것은 아이들에게 음식을 과잉공급 시켜 기의 순환이 정체되도록 했기 때문이다. 기는 수요와 공급이 평형을 이룰 때 가장 잘 순환된다. 경제도 상품에 대한 소비자의 수요와 생산자의 공급이 밸런스를 이룰 때 호황을 이루는 것이다. 과잉의 영양분을 취하게 하는 것은 수요가 없는데도 과잉생산을 하다가 재고가 넘쳐 자금 압박을 견디지 못하고 부도가 나게 되는 것과 같은 원리이다.

정신적 균형으로 7정情을 꼽는데 노怒, 희喜, 비悲, 공恐, 경驚, 사思, 우憂의 7가지를 들고 있다. 『황제내경』 소문에는 "노하면 기가 오르고, 기뻐하면 기가 풀어진다. 슬퍼하면 기가 사라지고, 두려워하면 기가 내려간다. 놀라면 기가 흩어지고 생각하면 기가 맺는다. 근심하면 폐나 기관을 상하게 한다." 적고 있다.

① 노여움怒 : 혈이 지나치게 진해지면 일어나게 된다. 따라서 운동을 해서 혈액의 흐름을 좋게 하지 않으면 노하기 쉬워진다. 노여움이 자꾸 심해지면 내장을 상하게 된다. 살아가는 동안에 어떤 이유에서건 화를 내는 순간, 그 날의 일은 모두가 헛되게 된다.

② 기쁨喜 : 잘 절제하면 기를 편안하게 하고 흐름이 좋아져 건강하게 된다. 그러나 지나친 기쁨은 기를 느슨하게 해서 기백氣魄을 없애고 의지력을 상실케 하며 결국에는 몸을 피로하게 해서 기를 흩어져 버리게 한다.

③ 슬픔悲 : 몸이 나쁘면 슬픈 마음이 일어나기도 한다. 슬픔은 폐와 기관지, 신장 등의 상태가 좋지 않을 때 잘 일어난다. 따라서 이 기관들을 잘 관리하는 것이 중요하다.

④ 두려움恐 : 기와 혈이 부족한 때 생기는 감정이다. 다혈질인 사람은 두려움은 없으나 균형 있는 음식섭취를 잘 못하는 단점을 갖고 있어서 기의 흐름이 나쁘게 된다. 공포심은 정력을 쇠퇴하게 하므로 심호흡을 통해 기와 혈액의 흐름을 원활히 하도록 섭생과 운동을 꾸준히 해야 한다.

⑤ 놀람驚 : 정신적 긴장이나 스트레스가 심해서 횡격막이 굳어진 경우 생기는 현상이다. 놀람은 기를 흩으러 지게 하여 몸 전체를 나쁘게 한다.

⑥ 생각思 : 적당하게 생각하는 것은 인간의 기본 성격이다. 그러나 지나치게 생각을 많이 하거나 정신 집중을 오래 하다 보면 기가 정체되어 버린다. 그 결과 의지력이 결여되고 아무 일도 하고 싶지 않게 된다. 요새 노숙자들 가운데 의외로 지식인이 많은데 생각이 너무 지나쳐서 그런 경우이다.

⑦ 우울함憂 : 혈액과 수액이 기의 흐름을 따르지 못해 생기는 가

라앉은 상태이다. 우울한 감정은 폐나 기관을 상하게 한다. 그 때문에 기가 체내에서 균형 있게 흐르는 게 불가능해져 내장도 상하게 된다.

일주일동안 온갖 세상사에 시달리다 보면 우리는 이 7정을 유발시키는 온갖 상황에 부딪치게 된다. 그때마다 우리는 마음속에 감사함을 느끼는 습관을 가질 필요가 있다.

기독교에서 강조하는 솔로몬 왕의 명언을 다시 한번 생각하자. 어떤 고통을 당해서 너무 힘들어 감사함은 생각조차 할 수 없을 때 "이것 또한 지나가리라(This, too, shall pass away)"하고 이겨내는 것이 그것이다.

감사함은 7정의 어느 것에도 과부족이 없는 좋은 심성이기 때문에 "항상 감사하라"는 성경말씀도 있다. 감사생활을 하면 좋은 기가 생성돼 7정의 균형을 바로 잡아 평안한 마음을 선물할 것이다.

술과 담배는 무조건 나쁘다는 주장

술은 냉성으로
지방간을 만든다

술이 몸에 나쁘다는 사람과 좋다는 사람이 있다. 두 가지 주장이 모두 옳다고 생각한다. 술을 어떻게 마시는가에 좌우되기 때문이다. 술이 나쁜 것은 냉성冷性이 강하기 때문이다.

술은 체감 온도로 물보다 약 5도 차게 느껴진다. 한 예로, 추운겨울에 술 취한 사람이 길에서 쓰러져 잠들면 얼어 죽는다. 그러나 술 취하지 않은 사람은 죽지는 않는다.

술을 마시면 위장이 차가워지므로 온기를 유지하려고 가장 밀접해 있는 간에서 온기를 뺏어서 간은 지방분해 능력이 감소하게 된다. 오래되면 지방간이 된다. 지방간이 오래되면 간경화가 된다.

술이 직접적으로 간에 해를 주기보다 온기를 상실케 해서 간접적으로 해를 주는 것이다. 의사들은 술을 마시되 일정한 간격을 두고 마시면 좋다고 말한다. 그것은 간의 온기가 복원된 후에 마시라는 얘기일 것이다.

술도 장점이 있다

술은 좋은 점도 많다. 정신적으로 스트레스를 많이 받은 경우 어떤 위로보다 술을 마시면 뇌에서 스트레스 신경이 작동을 멈춰 신체기능을 편하게 해준다. 또한 혈액순환을 원활하게 해줘 왕성한 활동력을 주기도 한다.

건설현장에서 무거운 물건을 옮기는 인부들은 술을 적당히 마시면 중량이 나가는 물건들도 거뜬히 들어올린다. 그런데도 대개의 사람들은 술은 무조건 나쁘니 절대로 마시면 안된다고 금주를 강요한다. 이것은 과음이 나쁘다는 것을 지나치게 강조한 주장이다.

사상의학에서 체질적으로 술이 맞지 않는 경우가 있다. 예컨대, 태양체질은 폐대간소肺大肝小, 즉 폐는 크고 간은 작은 체질이라 술 해독능력이 약하다. 그런데 반드시 이렇지는 않다. 아마도 냉장한 술이나 냉장음식을 먹기 때문이라 추측된다.

담배는
무조건 나쁜 게 아니다

담배가 체질에 맞는 사람이 있고 그렇지 않은 사람이 있다. 체질에 맞는 사람은 담배가 소화기능을 돕고 정신을 맑게 해주는 역할을 한다.

　담배는 술과 달라서 며칠씩 간격을 두고 피면 해롭다. 사람의 신체는 해로운 것에 대한 면역체계가 있어서 담배 피는 사람의 기도에는 피막이 생긴다. 이 피막이 담배의 해로운 성분 흡수를 막아 준다. 그런데 담배를 끊으면 피막이 없어진다. 담배를 며칠씩 끊었다가 피면 어지러움을 느끼는데 니코틴이 많이 흡수되기 때문이다.

　요즘 담배가 주변사람들에게 더 해롭다고 금연을 강조하고 있다. 주변 사람들이 담배를 피우지 않는 경우 기도에 피막이 없어 해로운 성분이 여과 없이 흡수되기 때문이다.

역사적 인물들은
강한 기로 장수했다

역사적 인물들의 장수비법

기가 장수의 핵심

과거 역사기록에 의하면 로마 인들의 평균 수명은 22세였다고 한다. 반면 왕이나 고위관리들의 평균수명은 약 50세였다. 우리나라 조선시대 사람들의 평균수명은 23세였다고 한다. 조선의 왕이나 대신들의 평균수명은 45세였다고 한다.

그 까닭은 오래 살았기 때문에 고위직에 오를 수 있었다고 생각된다. 일찍 죽으면 아무리 재주가 뛰어나도 출세할 수 없다. 지식과 경험이 무르익어 경륜을 펴 볼만 할 때 죽는다면 능력도 함께 매장된다.

이들의 수명이 거의 배나 차이가 나는 것은 무엇 때문이었을까? 이들은 병에 걸리지 않았다는 사실이다. 병은 기가 막히면 생기는 증상이다. 지금처럼 의학이 발달되지 않은 그 시대에는 건강유지는 기를 활용해서 관리했었다.

현대에서도 유명한 정치가, 학자, 예술가도 장수한 사람들이다. 괴테나 비발디 같은 유명한 예술가들이 남긴 명작은 80세까지 장수해서 만든 것들이다. 버트란트 러셀, 갈브레이드, 드러커 등의 유명학자들도 90세까지 저술해서 명저를 남겼다.

과거에 우리나라 정치권에서 3김 시대 청산 운운하는 이야기도 3김이 노령까지 건강해서 젊은이들에게 자리를 내놓지 않기 때문에 생긴 말이다. 엄밀히 말해 이들 3김은 기가 강했다고 할 수 있다.

단전호흡으로 부자 되기

노벨경제학상을 받은 미국 시카고대학의 게리 베커 교수는 미시경제학의 분석영역을 시장원리가 적용되지 않는 인간행위와 그 상호작용으로까지 확장했다. 인간행위를 기의 영역이라고 본 것이다.

그는 "사람은 이익과 손실을 비교해, 이익이 손실보다 크다고 판단할 때, 이익을 선택하는 행동을 한다"고 주장한다.

범법자들은 범죄로 인해 얻을 수 있는 이익과 손실을 비교하고, 이익이 크면 범죄를 선택한다. 체포될 가능성보다 이익이 크다고 판단될 때 범행하는 것이다. 인간이 불확실성 아래에서 행하는 합리적 선택인 것이다.

이러한 선택은 얼마든지 많다. 탈세, 사기, 횡령, 뇌물, 불법선거, 불법도박장 개설 등도 적발될 가능성보다 이익이 훨씬 크기 때문에 끊임없이 일어난다. 여기에서 부정부패가 생기게 된다.

로비스트 같은 직업이 생기는 것도 적발은 어렵게 하고 이익은 크게 하는 매개자가 필요하기 때문이다. 로비스트들이 즐겨 사용하는 뇌물은 이익을 증폭하는 위력이 있어서 웬만한 사람은 유혹에 넘어가게 마련이다.

미국의 로비스트 1인자였던 잭 아브라모프는 정부 상대 불법로비로 3년 6개월간 교도소 생활을 마치고 2011년 11월 출옥해서 회고록을 출간했다. 그는 미국의 거물 정치인들의 실명을 공개하며, 뇌물을 받고 자신의 로비에서 비밀병기 노릇을 했다고 폭로해 파문을 일으킨바 있다. 미국 같은 나라에서도 뇌물의 위력은 크다.

모든 사람들이 뇌물 유혹을 경계하기 때문에 권력자의 힘을 빌려 관철하기도 한다. 어느 정권이나 대통령 측근들의 연루는 단골메뉴가 됐다. 뇌물이 성공하면 이익은 몇 배가 되기 때문에 영원히 지속될 것이다. 이는 경제가 발전할수록 더욱 지능적으로 발전될 것으로 보인다.

범죄의 유혹에 빠지지 않고 능력으로 성공하는 사람들은 기가 강한 사람들이다. 기가 약하면 범죄유혹에 빠지기 쉽다. 깊은 호흡을 하는 사람은 범죄까지 하며 이익을 취하지 않는다.

성공하는 처세술이 간단함을 알려주고 싶다. 이익과 손실을 비교해, 이익은 큰데 손실은 거의 없는 선택을 하면 된다. 정도를 걷는 사람들 중 이득을 봤다고 교도소에 가는 사람은 없다. 이익을 보면서 손실은 없다. 이들은 기가 강해서 유혹에 넘어가지도 않고 교도소갈 일은 하지 않는다.

역사적으로 전쟁의 약 70%는 종교전쟁이고, 약 20%가 정치 전쟁이며, 약10%는 이데올로기, 문학, 예술 전쟁이었다고 한다. 전쟁을 주도한 그들은 가슴호흡을 한 사기邪氣가 가득한 인물들이다. 그들은 손실이 크더라도 이익을 쫓은 범죄자들인데도 역사는 영웅처럼 추앙한다. 정말 웃기는 세상이다.

건강과 병자는 50대 50

현실에서 출세하고 싶다면 경제적 판단을 잘 해야 한다. 사회는 정正과 반反으로 나뉘어 있다. 어느 쪽이 이익이 큰지를 잘 판단해야 한다. 깊은 호흡으로 기를 쌓고 내려야 한다.

정과 반이 난무하는 곳이 주식시장이다. 매도자는 지금이 최대의 이익분기점이라고 판단하고 던진다. 반면 매수자는 그와 정반대로 판단하고 매입한다. 실제로 이런 판단에 의해 천문학적 거래가 체결된다. 사람들은 이익과 손실이 교체하는 절체절명의 순간에도 서로 정반대되는 판단을 하는 것이다.

세상에는 나와 정반대되는 의견을 가진 사람이 절반이 있다는 것을 잊지 말기 바란다. 의견을 먼저 개진하면 안된다. 절반의 반대 의견이 노도처럼 그대를 공격하기 때문이다. 그들을 적으로 만들 필요는 없다.

성공한 사람들이 과묵한 것은 남의 얘기를 듣기만 하다가 유리한 대목에 끼어들어 이익을 챙기기 때문이다. 꿩 잡는 게 매다. 심호흡하는 사람들이다. 그러나 가슴호흡하는 기회주의자와는 다르다.

가슴호흡하는 사람들이 주도하는 정부에서는 복지를 퍼부어준다. 이들이 먼저 하는 것은 질병환자에 대한 치료비를 80%이상 지급한다. 당연히 꾀병환자가 속출하고 경제는 어려워진다. 결국 경제가 거덜 나게 되면 심호흡하는 사람들이 득세해서 꾀병환자들을 걸러내고 제도를 정비한다. 정正과 반反이 교차하는 게 세상이다.

세상에는 희망이 있으면 좌절이 그만큼 있다. 낙심하지만 재기할 수 있고, 눈물 흘리지만 웃을 수도 있다. 세상에서 전부가 그대를 망치려 기도하는 경우는 없다. 그대 편에는 항상 절반이 함께 있는 것이다. 심호흡을 하면서 차분히 지켜보면 반대쪽 절반까지도 그대 것으로 만들 수 있다.

역사적으로 독재자들은 심호흡하지 못하는 게으른 백성들을 막무가내 통치로 괴롭혔지만 후세에는 큰 혜택을 베푼 것이 되기도 한다. 이들은 게으른 백성들에게 강제노역을 시켜 영화를 누렸고 지금에 와서 큰 공헌을 하고 있다.

그러한 역사적 작품들로는 이집트의 피라미드와 로마의 콜로세움, 중국의 진시황릉 등 유적들로 무수하다. 잔혹한 작품이지만 지금은 엄청난 관광수입원이 되고 있다. 현재와 미래의 경제적 기능을 함께 바라봐야 한다.

기수련의 성취 6단계

6단계	**득도**	
5단계	**자아실현**	자신에 만족, 현실에는 흥미가 없음
4단계	**도취**	세상보다 이상에 관심
3단계	**창의력**	학생을 수재로, 근로자는 경영자로 발전
2단계	**행동력**	모범생 및 모범 근로자로 발전
1단계	**의식, 욕망**	소작인 의식으로 만족

위의 그림은 나의 경험과 과거의 구도자들을 단계별로 분류해 본 것이다. 기는 최하위 1단계부터 차츰 상위단계로 상승하면서 시너지 작용이 나타나기 시작한다. 기는 4단계 이상의 고도의 단계에 이르면 '이상실현을 위한 도道의 성취영역'으로 발전해 현실과는 다소 동떨어지게 된다.

따라서 기수련의 4단계부터는 현실적인 소득을 추구하는 우리 같은 평범한 이들에게는 별다른 의미가 없다. 4단계부터는 세상과 절연하고 자신의 구도를 위해 수련에만 정진하는 단계이다.

나는 기를 현실적으로 이용할 수 있는 제3단계 이하에서만 수련하기를 권한다. 2단계의 행동력과 3단계의 창의력 단계만 활용하면 충분하다.

4단계 도취陶醉의 경지는 욕망이 이루어져서 최고의 선으로 정착되는 단계이다.

5단계 자아실현自我實現의 경지는 인간의 최고 완성을 의미하는 것으로 속세에서는 어울리기가 힘든 경지를 일컫는다.

6단계 득도得道의 경지는 지고지순한 세계로서 역사적으로도 이런 도인이 과연 있었는가가 아직도 수수께끼일 정도로 거의 불가사의한 단계이다.

이러한 고도의 기수련 경지에 몰입 된 사람은 현실적으로 지도자 또는 근로자로서는 부적합하다. 보통 사람들도 욕심을 버리고 감사하며 단전호흡으로 기수련을 열심히 하면 쉽게 3단계 정도는 도달할 수 있다.

강조하지만 나는 이 책에서 기가 우리의 건강과 생활능력을 향상시킨다는 점을 강조하려 했다.

산소는 적게 마셔야

등산애호가들은 신선한 공기를 마셔서 건강에 좋다고 말한다. 등산은 심호흡을 해서 많은 산소를 마시지만 동시에 많은 산소를 태우기 때문에 좋은 것이다. 마신 산소를 태우지 못하면 활성산소가 생겨 건강에 해롭다.

서울의 한복판이 공기가 나쁘다고들 말하지만 마신 산소

를 태우면 폐해는 없다고 생각한다. 나는 수십 년 동안 서울의 강남에서 매일 같이 단전호흡을 하고 있지만 폐해는 모르고 효과만 보고 있다.

의학적으로 폐포에 공급되는 산소량은 신경세포에 초능력적 반응을 일으킨다고 한다. 산소량이 너무 많거나 적으면 세포들은 정상작용을 하지 못한다. 이것이 건강을 좌우하는 원인이 된다.

예컨대, 호흡을 깊게 하면 폐포에 충분히 공급된 산소가 뇌를 안정시키고 자율신경의 부조화를 방지하며 생체의 각종 호르몬계를 조정하고 모든 내장 운동을 활발하게 해서 힘氣이 넘치고 활달한 성격을 갖게 된다.

앞에서 설명했듯이, 마신 산소량은 많은데 태우지 못하면 남은 산소는 활성산소가 돼 건강에 해롭다. 단전호흡은 산소를 적게 마시는 방법이다. 보통 호흡은 1분에 16회하지만 단전호흡은 1분에 1회에서 5회 이내 하기 때문에 1분에 마신 총산소량은 훨씬 적게 된다.

호흡은 공기흡입을 폐 안에서만 한다. 가슴호흡, 배호흡, 단전호흡 등 모든 호흡은 횡격막 위의 폐 안에서 이뤄진다. 다만 단전호흡은 횡격막이 5~6cm 아랫배까지 내려가 1회 산소흡입량은 많으면서 장기도 자극하기 때문에 1석 2조로 건강에 좋다고 하는 것이다.

숙변을 뽑는 몇 가지 방법

숙변 뽑는 3가지 방법

① 자기 30분 전과 아침에 깨자마자 생수 2잔을 가득 마신다. 익숙하기까지는 목구멍이 아플 정도로 고통스럽지만 꾸준히 하다보면 아침에 물을 마시지 않으면 못 견디게 된다.

물을 마시고 조금 있으면 꾸르륵하고 물이 뱃속으로 내려가는 소리가 들리며 장의 활발한 움직임을 느끼게 된다. 생수를 마시는 것은 장의 열을 식히기 위함이다. 장에 열이 있으면 변비가 된다. 장에 열이 있는 사람은 닭고기, 개고기, 사과, 귤 등의 열성 식품은 많이 먹지 말아야 한다.

② 가능하면 아침을 굶는 것이 좋다. 1일 2식을 하는 것이다. 앞에 소개한 것처럼 나는 40여 년을 하고 있는데 활기活氣가 넘치고 있다. 81세인 지금 지하철을 그렇게 많이 탔건만 아무도 자리를 양보해주지 않는 부당한 대우(?)를 받는 형편이다.

우리 장기들은 밤새도록 혈액의 집중지원을 받아 노폐물을 해독한다. 그리고 아침이면 그 노폐물을 체외로 배출하려고 애쓴다. 이때 만약 아침밥이 또 배속으로 들어가면 혈액은 방향을 돌려 위장을 집중 지원하게 된다.

배출을 위해 준비하고 있던 혈액이 대장과 신장(방광)에는 적게 가기 때문에 배변이 원활하지 못하게 돼 노폐물이 쌓이기 시작한다. 아침은 굶거나 소식 할 것을 권한다.

③ 생식이 좋다. 우리는 생식이 왜 좋은가에 대해서 잘못 이해하고 있는 것 같다. 대개 생식은 영양소가 열에 파괴되지 않고 살아 있어 좋다거나 효소가 그대로 있어서 좋다고 주장한다. 그러나 내 경험으로는 생식이 곡물 자체의 약알칼리 성분을 유지하고 있어서 효과가 있다고 생각한다. 채소, 과일, 야생나물 등이 변비에 좋은 것은 본래의 약알칼리 성분 때문이다.

사람의 장기는 평소 각종 화식火食으로 산성화돼 있는데 약알칼리 성분이 들어가면 산성이 중화되고 장운동이 좋아진다. 만약 대장 속을 강한 알칼리 성분인 비누로 씻는다면 얼마나 깨끗하게 될 것인가 생각해 보면 알 수 있다. 그러나 비누를 먹을 수 없으니 약알칼리 음식을 먹는 것이다.

부득이 술을 먹어야하는 경우도 마찬가지다. 보통 술을 먹으면 육식을 안주로 하는데, 육식 안주를 먹더라도 야채와 생수, 녹차 등을 같이 먹으면 같은 양의 술에도 훨씬 덜 취하고 다음날 몸이 가볍다. 약알칼리 음식의 효과 때문이다.

우리나라에서 가장 많이 팔리는 약은 소화제이고 미국에서 가장 많이 팔리는 약은 설사약이라고 한다. 미국 사람들은 육식을 하는데다가 대식가들이라 배가 튀어나온 사람들이 많다. 그들은 또 먹기 위해 배를 비우려고 설사약을 먹는다. 설사약 보다는 위의 세 가지 방법을 실천한다면 비만을 예방하고 기력도 얻을 수 있다.

냉기를 뽑는 반신욕

우리 신체는 몸의 유연성을 회복해야 운기運氣가 된다. 우리 몸속에는 냉증이 숨어 있다. 이 냉증을 완전히 제거하지 않으면 운기도 약하고 병의 원인이 된다.

가장 쉬운 유연성 회복방법으로 반신욕半身浴을 권한다. 아침저녁 2회씩 매일 하면 놀라운 기운을 느낄 수 있다. 반신욕을 해서 청춘(정력)을 회복했다는 사람, 전립선암을 고쳤다는 사람, 움직이는 종합병원이었는데 말끔히 나았다는 사람 등 부지기수로 많다.

하여튼 건강을 도로 찾는 것은 물론이고, 골프 치는 데도 늙은이 소리를 면할 만큼 허리가 잘 돌고 장타와 정확성을 얻을 수 있다. 몸이 굳어있거나 병이 있는 경우 반신욕을 하면 좋은 효과를 볼 수 있다.

목욕탕을 운영하는 분에게 들은 이야기다. 반신욕 동호회가 있는데 매일 새벽마다 목욕탕에 출근해서 30분 이상씩 반신욕을 해서 골치가 아프다고 했다. 이들이 탕 안에 둘러 앉아 장시간 독점해서 다른 이용자들이 불평을 한다는 것이다.

반신욕 방법을 소개한다. 따뜻한 물속에 명치 끝 또는 배꼽아랫도리만 담그고 앉아 있기만 하면 된다. 손과 팔은 물속에 넣지 않는다. 얼굴과 머리에서 땀나야 효과가 있다. 이 땀은 냄새가 나기도 하고 색깔도 짙은데, 깊은 몸속에서 나온 찌든 기름, 노폐물이므로 깨끗이 씻어야한다. 찬물로 씻으면 안된다.

시간은 걸리더라도 너무 뜨겁지 않은 따뜻한 물로 오래 하는 것이 효과적이다. 처음에는 30분 정도가 적당하며, 온도는 손가락을 넣어 뜨겁지 않다고 느낄 정도면 된다.

전신욕보다 반신욕이 좋은 점은 전신욕은 몸속까지 따뜻해지기는 어렵고 머리로 열이 올라가서 혈압에 해로울 수 있다. 그러나 반신욕은 대류작용으로 하체의 냉기를 상체로, 상체의 열기를 하체로 순환시켜 몸속까지 따뜻하게 한다. 대류작용이 원활히 되려면 대략 10분 이상을 해야 한다.

반신욕으로 몸속에서 냉증이 사라지면 머리, 목, 가슴, 허리, 다리가 따로 움직일 수가 있게 된다. 골퍼들에게는 천금 같은 희소식이다. 골프 스윙 때 가슴과 허리가 돈다고 머리까지 따라 돌아가는 헤드업도 일어나지 않는다. 허리가 잘 돌기 때문에 이전보다 정교한 장타도 칠 수 있게 된다. 반신욕만 잘해도 5타 정도는 쉽게 줄일 수 있다.

대뇌의 노폐물 제거

밤잠이 안 오는 것은 대뇌의 노폐물 때문이다. 역사학자들은 과거 8개의 불가사의한 사건에서 주인공들이 어떤 결정을 잘못 내림으로써 역사를 바꿔 놓았다고 주장한다.

그 중 한 사건으로 왜 히틀러는 연합군의 노르망디 상륙작전 때 병력을 이동할 충분한 시간을 가졌음에도 왜 망설이다가 패배했을까 하는 것이 포함돼 있다.

나는 '왜?'에 대한 답변으로 히틀러의 고질적 불면증을 들고 싶다. 만약 그가 잠을 잘 잤다면 역사는 다시 쓰였을 것이 분명하다. 그는 잠을 못 자서 온종일 교감신경이 둔해지고, 심장박동이 약해 순발력이 떨어졌을 것이며, 목뒤가 뻣뻣해서 두통과 안면출혈이 심해져 정보판단을 제대로 못했을 것이라고 생각한다.

불면증은 다양한 원인이 있지만 그 가운데 하나로 대뇌에 생긴 노폐물이 임파선에 흡수되지 않고 몸에 축적되어 나타나는 현상으로 눈을 감고 있어도 대뇌 중추시신경이 자극 받아 잠이 들지 않게 된다.

잠을 잘 못 잔다는 것은 꼭 밤늦도록 못 자는 것만이 아니라 일찍 잠에 들었으나 새벽 두세 시에 깨어 다시는 잠이 오지 않는 것도 포함한다. 하루의 피로를 푸는 데 깊은 잠보다 좋은 보약은 없다.

교감신경은 낮에는 환경조건에 적합한 적응력을 만들어 낸다. 피부표면의 혈관을 굵게 해서 혈액이 흐르기 쉽게 해 준다. 또한 땀샘을 열어서 땀을 배출시키고 몸의 열을 밖으로 내보내준다. 밤에는 부교감신경이 활동하여 하루의 피로를 회복시켜준다.

그러나 밤에 잠을 잘 못 잔 사람은 피로가 풀리지 않아 낮에 교감신경의 활동이 둔해지고 심장기능이 약해서 혈압이 내려간다. 그 결과 두뇌를 순환하는 혈액이 적어지게 되며 만사가 귀찮아지는 악순환을 되풀이하게 된다. 고혈압 환자가 활동적인 이유가 여기에 있다.

잠을 잘 이루지 못하는 사람들은 또 머리 뒷부분(후두부)에서 목 옆 부분의 근육이 굳어진다. 자기 손으로 잡아 당겨보면 견디기 힘들 정도로 굳어 있다. 이런 사람들은 부교감신경이 활발하지 못해 밤에 잠이 오지 않는다. 골퍼 가운데 라운딩 전날 밤 다급한 나머지 간단한 체조를 하는 사람들도 있다.

그러나 자기 전에 체조나 운동은 금물이다. 자기 전의 체조는 교감신경을 자극하여 잠들기 힘들게 만든다.

정신적인 고뇌나 걱정거리가 있으면 잠자리에 들어서도 사고중추가 계속 활동하게 돼 잠이 들 수 없다. 손이나 발에 상처를 입은 경우에도 통증이 지각중추에 전달돼 자려고 해도 잠이 들지 않게 된다.

해결방법은 대뇌에 노폐물이 생기는 것을 줄이고 생긴 노폐물은 임파선을 통해 흡수해 배출하는 것이다. 그 방법이 단전호흡이다. 단전호흡도 잠자기 30분 이내에 하면 머리가 맑아지면 몇 시간 잠이 들지 않으니 주의해야 한다.

4부

기氣는
건강과 운명을
좌우한다

강한 기氣로
인생역전 이루다

기 좀 펴고 삽시다

기쎈 사람 되는 법

인류의 역사는 약탈로부터 시작된다. 기쎈 사람들이 기죽은 사람들을 휘두르고 희생시켜 만든 기록이다.

우리나라의 단군신화, 그리스신화, 로마신화 등은 기쎈 지배계층이 우매한 민중을 통솔하기 위해 만들어 낸 거짓 얘기다.

곰이 마늘을 먹고 태어났다는 단군왕검 고사나 제우스 신화, 트로이의 목마 이야기는 꾸며낸 얘기들이다. 그러나 이 얘기들은 대중에게 경외한 충성심을 자아내는 힘을 발휘했다. 지금도 정의, 진보, 보수 등의 이름을 걸고 대중을 혹세무민하는 사람들이 대박을 터드리기도 한다.

과거나 현재나, 기쎈 사람들은 거짓말이나 날조한 사실들을 대중에게 믿도록 해서 자기목적을 달성하는데 이용해왔다. 신성한 종교에서도 기쎈 사람들이 주인공이었다. 그 대표적인 엉터리가 면죄부라는 것이다. 그러나 면죄부를 팔아먹은 사람들은 종교재정을 튼튼히 하는데 기여한 아이러니도 있다. 이것이 역사다.

역사적으로도 위대한 영웅들은 기쎈 배짱으로 그 자리에 올랐다. 로마의 줄리어스 시저는 그 점에서 최고고수였다. 그는 역사상 영국을 점령한 유일한 장군이다. 그는 패배를 몰랐다. "왔노라, 보았노라, 이겼노라!"라는 그의 말은 지금도 대학입시생들에게는 금과옥조처럼 인기다.

그의 로마군은 영국군을 격퇴하고 해안에 상륙하는데 성공했다. 전무후무한 위대한 승리였다. 로마군은 오랜 전쟁으로 탈진상태였다. 로마 장병들은 승리에 도취돼 전리품을 가지고 빨리 귀국하기를 원했다. 시저는 이런 장병들을 이끌고 스코틀랜드로 도망간 영국 왕을 추격하기는 어렵다고 판단했다.

시저는 심복들을 시켜 한밤중에 항구에 정박한 모든 군함을 불태워버렸다. 그리고 그는 장병들에게 "이제 우리는 돌아갈 배가 없다. 계속 싸우던지 바다에 빠져 죽던지 하는 길밖에 없다"고 말했다.

로마 장병들은 선택의 여지없이 싸울 수밖에 없게 되었다.

그들은 바다에 빠져 죽느니 차라리 죽기로 싸워서 이기겠다고 결심했다死卽生 生卽死. 기쎈 사람의 두뇌는 이 처럼 놀라운 힘을 발휘한다.

현재의 여러 문제를 앞에 두고 걱정을 해봤자 소용없다. 두려움 앞에서는 돌아갈 배가 없어진 심정으로 배수진을 치면 돌연 깊은 호흡이 된다. 이때 기가 살길을 열어준다. 깊은 호흡이 살길로 인도하는 것이다. 성공한 사람들이라고 미래를 보장받고 전진한 것은 아니다. 기가 셌을 뿐이다.

배수진이란 '배 째라' 전술이다. 세상이 두려운가? 그러면 돌아갈 길을 없애버려라. 전진할 수밖에 없다. 절로 깊은 호흡을 하게 하는 방법이다. 전술적으로도 후방을 방어할 필요가 없으니 두 배의 전력氣이 생기게 된다.

지금 처한 처지가 너무 힘들다면 전진할 것인가, 후퇴할 것인가 결정하라. 인생에서 배수진을 치기를 권한다. 돌아갈 길이 없어졌다고 생각하고 정한 목표를 향해 전진하라. 후퇴를 못하는데 전진할 수밖에 없지 않은가? 그러면 깊은 호흡이 되고 기가 살아나면서 어떤 장애도 그대를 막지 못할 것이다.

기를 써서 정면 돌파하라. 한번 안 됐다고 후퇴하려는가? 돌아갈 길이 없어졌는데 어디로 후퇴한단 말인가? 안되면 될 때까지 돌파하고 또 돌파하라. 그러면 깊은 호흡이 그대를 도울 것이다.

"열 번 찍어 안 넘어가는 나무 없다"는 옛말은 열 번은 해 봐야 깊은 호흡이 된다는 뜻이다. 우리 사전에서 불가능이란 단어는 없애라. 시저 장군도 이렇게 했을 뿐이다.

기죽은 모범생과
기 산 꼴찌

"저 젊은이, 학생시절에 모범생 이었는데, 잘 나가지는 못하네"라는 말을 듣는 경우가 있다. 유치원부터 대학까지 모범생이란 소릴 들었지만 직장에서는 신통치 않다. 직장이 불안하니 마흔이 넘도록 결혼도 못하고, 얼굴에는 수심이 가득하다.

이제까지 모범생이면 최고였는데 왜 그리 된 것일까?

답은 간단하다. 기가 죽어서 그렇다. '기죽은 모범생'은 학식이 뛰어나고 부지런해도 소작인밖에 안된다. 차라리 '기 산 꼴찌'가 낫다. 꼴찌는 학교도 그럭저럭 다니며 친구들과 놀며 싸우며, 여자 친구도 사귀어 봤고, 특히 온갖 경험도 했다. 엄마가 꼭 일등을 안 해도 학교만 잘 다니면 좋다는 기대를 하다 보니 기죽을 일은 없다. 자연히 깊은 호흡을 하면서 살 수 있었다.

꼴찌는 성적이 나쁠 뿐이다. 성적 때문에 기죽을 필요는 없다. 세간에 '학교의 우등생이 사회의 우등생은 아니다'라는 말이 있다. 꼴찌에게도 기회가 있다는 말이 된다. 다만 기산 꼴찌여야 한다. 기까지 죽은 꼴찌는 안된다.

지금은 불확실성 시대이기 때문에 공부만 잘해서는 성공할 수 없다. 대기업이든 중소기업이든 뭐 좀 한다는 곳은 어렵고 내일이 불확실하다. 이것이 기를 죽인다. 기죽으면 호흡부터 깊이 되지 않는다. 그러나 기 산 꼴찌는 이 정도에 호흡이 꺾이지 않으니 기도 죽지 않는다.

기죽지 않는 방법이 있다. 고의적으로 대략 10분 정도 깊은 호흡을 하면 기가 생긴다. 그렇게 얻은 기를 이용해 모든 일을 '기를 써서' 하라. 옛말에 "기를 써서 안 되는 일 없다"는 게 있다. 그러나 생긴 기를 방치하면 기는 사라진다. 사람은 신장에 기를 소유하고 태어났으니 열심히 기를 써야 한다.

갓난아기 때 얼마나 대단한 기를 가졌는지 살펴보자. 타고난 기에서 생긴 배짱은 천하제일이었다. 배고프다고 울고 떼쓰면 엄마는 허겁지겁 젖을 바쳐야 했고, 신나면 크게 웃어대 엄마를 기쁘게 했다. 배가 아프면 장소를 가리지 않고 가차 없이 똥을 싸버렸고, 기분대로 오줌도 싸버렸다. 설사 대통령이나 최고 권력자가 눈앞에 있어도 거칠 것이 없었고 막무가내로 행동했다.

그런 아이가 지금은 왜 이리 소심하게 변했는가?

엄마 때문에 그런 거다. 엄마의 관심과 사랑이 그렇게 만든 거다. 세계적으로 유명한 어록에 "영웅호걸과 부자는 차남에서 나왔다"는 게 있다. 차남은 장남보다 엄마의 관심을 덜 받았기 때문에 기가 덜 죽은 것이다. 헌데 요즘은 한 아이만 낳다보니 차남은 없다. 잘못하다간 모두가 기죽은 장남이 되기 쉽다.

엄마들은 알파고가 바둑 대국하는 것을 보고 무척 놀랐을 것이다. 냉철함으로 고수의 인간을 이겼다. 앞으로 인간이 상대할 대상이다. 그러나 기죽지 말라! 알파고는 숨을 쉬지 않는다. 당연히 기가 없다. 따라서 과학이 지배하는 미래지만 호흡하는 인간이 기를 써서 이끌게 돼있다.

그런데 '기 살리기'나 '기 쓰기' 방법은 우리가 하늘처럼 믿는 학원이나 족집게 과외로도 배울 수 없다. 더구나 선행학습도 할 수 없다. 이 책에서 나오는 것이 처음일 것이다.

사람의 기는 기백氣魄, 패기覇氣, 용기勇氣, 끈기根氣의 4가지가 있다. 이것들이 꺾일 때 변형된 것이 오기傲氣, 악기惡氣, 사기邪氣로 우리 운명을 망친다. 설사 꼴찌를 하더라도 기만 살아 있으면 머리에서 기백이, 폐장에서 패기가, 간장에서 용기가, 대장에서 끈기가 솟아나 어떤 난관도 돌파할 수 있다.

내가 45년간 기수련(단전호흡)을 한 체험에서 나온 것이다. 나는 '기를 써서' 고엽제 후유증을 이겨내서 건강을 되찾았고 상상도 못하던 교수까지 되는 기적을 경험하였다. 사람은 남과 똑같이 해서는 남 이상으로 될 수가 없다. 남 이상이 되려면 '기를 써야' 한다. 호흡하는 누구나 기를 쓸 수 있다.

감사하게도 깊은 호흡만 했는데 기는 전쟁공포증으로 좌절과 절망으로 찢어진 내 가슴에 희망과 꿈을 심어줬다.

뇌는 전자파에
쉽게 죽는 바보

사람은 140억 개의 뇌 세포 가운데 평생 20%밖에 사용하지 못하고, 나머지 80%는 생전에 사용해 보지도 못한다고 한다.

그런데 뇌 세포는 하루에 10만 개씩 자연사 한다. 인터넷과 핸드폰을 많이 사용하는 경우 10만 개 외에 추가로 많이 죽게 된다. 그 까닭은 뇌에 에너지氣가 정상적으로 공급되지 못한 데 있다고 추정된다. 호흡이 깊게 되면 뇌에 기가 공급되는데 단전호흡이 비결이다.

인터넷에 너무 빠진 아이들을 보면 쉽게 이해가 갈 것이다. 이들은 얼굴에 핏기가 없고 무서운 몰골을 하고 있다. 전자파 때문에 뇌세포가 많이 죽어가고 있다는 증거다. 이런 경우를 인터넷 중독internet addiction disorder이라고 부른다.

인터넷 중독은 현재 의학적으로 정신과 진단체계내의 장애로 정식 인정받지 못하고 있다. 그러나 실제로 인터넷 중독에 의해 피해를 받고 있는 어른과 아이는 많다. 이들은 정상적인 생활을 못하고 있다.

컴퓨터와 인터넷 덕택으로 더 많은 일을 할 수 있게 되었으나 뇌는 그만큼 더 혹사하게 되었다. 전자신호체계인 펄스pulse와 인간의 뉴런신경 신호인 임펄스impulse는 비슷하다. 이들이 상호간 연결되면 시간과 공간 개념을 초월한 채 몰입하게 된다.

이때는 호흡이 밭아지면서 더욱 깊이 빠지게 된다. 뇌세포는 더욱 많이 죽게 되는데 이 현상이 중독인 것이다.

그러나 컴퓨터나 인터넷을 하더라도 호흡을 가다듬으면서 하면 뇌에 산소가 공급되고 기가 생겨 시냅스를 단단히 묶어주기 때문에 방호시스템이 형성된다. 나는 81세인 지금도 매일 컴퓨터 앞에 3~5시간씩 앉아서 글을 쓰고 문제를 풀기도 하지만 어떤 이상도 느끼지 못하고 있다. 매일 열심히 단전호흡을 한 덕분이라 생각한다.

기로 암을 치료하다

기는 만병을 치료

기는 응축력이 있어서 축소지향縮小指向적 성격을 가지고 있기 때문에 가족구성원 간에 응집력을 갖게 한다. 이런 가정에서는 비만이 생기지 않는다. 비만은 신체의 확산을 의미하는데 기가 이를 억제하는 것이다.

사랑의 결핍을 느끼는 아내가 비만에 걸리는 것도 기(사랑)가 약해서 신체가 확산되는 데 연유한다. 병(특히 암)이나 비만 등은 확산적 성격을 가지고 있다. 특히 암세포는 확산성이 매우 강해서 기하급수적으로 배가doubling times한다고 한다.

기로써 암을 고칠 수 있는 것도 기가 암세포의 확산을 응축력으로 억제하기 때문에 가능한 것이다. 단전호흡을 6개월 이상 수련하면 온몸에 기가 돌기 시작하면서 숨어있는 암세포를 찾아다니며 압박한다. 이 응축력이 지속되면 암세포는 더 이상 확장하지 못해서 고사枯死하게 되는 것이다.

기의 응축력은 위장의 확장, 간장의 비대, 신장의 염증, 심장의 확장, 대장의 처짐을 막아 준다. 이것이 비만을 막아 주기도 한다.

우리 건강에서 중요한 것은 세포구조이다. 세포구조가 조밀하지 못하면 병균이 침투해 발병하게 된다. 우리 몸에서 기가 약하면 응축력이 약해져서 세포구조가 벌어진다. 이때 병균이 침투하면 병자가 된다. 비만이 위험한 것은 세포구조가 벌어지기 때문에 병균의 공격을 쉽게 한다.

식품에서도 세포조직이 세밀하게 응축되지 않은 것은 쉽게 부패한다. 예컨대, 돼지고기는 영양분도 많고 건강에 좋지만 세포 간의 간격이 커서 세균의 침입이 용이해 쉽게 부패한다. 우리나라에 냉장고가 나오기 전에는 여름에 돼지고기는 잘 먹어야 본전이라고 말했다.

지금은 냉장시설이 발달해서 돼지고기의 유통에 위생적으로 문제가 없어 식당에서도 많이 팔고 있지만 그런 시설이 없던 시절에는 돼지고기는 잡는 자리에서 먹지 않으면 식중독에 걸리는 위험한 식품이었다.

그러나 소고기는 돼지고기에 비해 조직이 훨씬 조밀해서 우리나라 같은 온대지방에서는 덜 위험한 식품이다. 고기류보다 훨씬 세포조직이 단단한 식품이 채소라고 할 수 있다. 그래서 채식은 몸에서 고기보다 덜 부패하는 것이다. 대장에서 고기류는 쉽게 부패하지만 채소는 덜 부패하기 때문에 다이어트에 채식이 좋다고 보는 것이다.

앞에서 말했지만, 더운 나라들로 분류되는 중동에서 회교가 성행하는 것도 식품문화와 깊은 관련이 있다. 회교에서는 음식에 대한 절제와 때 맞춰 기도드리는 것이 중요한 교리이다. 율법으로 고기류(특히 돼지고기), 비늘 없는 생선, 등 푸른 생선 등을 못 먹게 하고, 하루에 5번씩 엎드렸다 일어나는 기도를 드리게 함으로써 대장을 튼튼하게 해서 변비를 예방한다.

회교에서도 양고기는 권장하는데 세포조직이 단단하기 때문에 부패속도가 느려 보관이 쉽기 때문에 선호하는 육류가 된 것이다.

지구상에 있는 식품 중에 유일하게 부패하지 않는 식품이 있다. 참기름이다. 참기름이 부패해서 버리는 경우는 없다. 참기름의 세포조직은 아주 단단하게 밀착돼 있어서 웬만한 세균은 그 사이를 뚫고 들어갈 수가 없다. 다만 '쩔었다'고 말하는 변질이 있을 뿐이다. 이는 세균이 참기름의 조직을 뚫고 들어가지 못하고 겉만 변질시킨 상태이다.

기로 당뇨 고치기

영국 케임브리지 대학의 세계적 권위 의사인 가이 브라운Guy Brown교수는 『생명에너지energy of life』란 책을 펴냈다. 그는 세계 각국의 생체에너지 역사를 기술하면서 생체에너지라는 개념은 '기' 개념과 매우 유사하다고 강조한다. 기는 생체에 필요한 에너지를 만드는 미토콘드리아와 매우 흡사한 관계에 있다고 본 것이다.

서울대병원 내분비과 이종규 교수도 비슷한 주장을 하고

있다. 그는 세포 내 소기관인 미토콘드리아의 양적 이상이 당뇨병의 주요 원인임을 세계에서 처음으로 규명해내 국제 당뇨학계의 이목을 집중시킨 바 있다. 그는 기에너지에 대해 연구하고 있는데 기에너지란 생명에너지와 같다고 말한다.

역사적으로 성자로 꼽히는 분들도 기를 생명현실로 보았다고 한다. 만물은 기에 의해 생성되었고(노자), 천지에는 기가 충만하며(맹자), 모든 것은 기로 설명할 수 있다는 기일원론적氣一元論的 세계관을 가지고 있었다(장자). 이런 기는 하늘과 땅이 숨 쉬는 현상인 바람氣息과 뭇 생명체의 호흡운동에서 상징적으로 찾아 볼 수 있다고 말한다.

기에 대한 원초적 생각은 시대가 발전함에 따라 점점 분열 발전하게 된다. 중국 춘추전국시대에 이르러서는 '인간의 기', '자연의 기', '원리로서의 기'란 개념들이 등장하고 다시 한대漢代에 들어서는 우주생성론이 등장하면서 '원기元氣'라는 근원적이고 통합된 '하나의 기─氣'가 중요하게 여겨지기도 한다. 위·진·남북조 시기에는 도교가 흥하면서 기를 몸 안에 가득 채우고 막힘없이 순행시키기 위한 호흡법, 체조법, 방중술 같은 것이 널리 유행하기도 했다.

유교의 호흡법과 도가의 호흡법을 수행해서 초능력의 경지에 오른 인물들은 많다. 특히 무술 계에 많다. 또한 초능력을 정치, 경세, 군사에 활용해 이름을 날린 인물들도 많다.

이런 시기를 거치면서 기를 '에너지를 가진 어떠한 물질'로 정립한 움직임이 일기 시작했고, 그 대표적인 인물로 송대의 주자朱子를 꼽을 수 있다. 주자는 현상계에서 움직이는 물질, 즉 에너지를 가진 물질을 기로 규정하고 그런 기의 변화를 가져오는 내재적 원리로서의 이理를 설정했다.

주자가 제시한 '에너지를 내재한 물질'로서의 기는 놀랍게도 현대물리학자인 아인슈타인이 제시한 $E=mc^2$의 원리(에너지는 물질의 질량과 운동량과 등가관계에 있다는 원리)와도 맞아 떨어진다고 이 교수는 주장한다.

그러나 명明대에 들어와서 왕양명 같은 유학자들이 이理와 기를 총체적 마음心으로 인식하고 그 후대로 내려올수록 기의 정신적인 측면만 강조함으로써 기의 물질적인 측면을 도외시하는 결과를 낳았다고 한다.

우리나라에서는 조선조에 이퇴계와 이율곡 등에 의해서 이기론쟁理氣論爭이 벌어지다가 묻혀버리고 말았는데 이 논쟁은 부분적으로 생명에너지 문제를 다루고 있었다는 점에서 주목할 만하다.

항문조이는 힘을 길러라

미국 태생의 전설적 골퍼인 잭 니클로즈는 인간으로서는 수립하기 힘든 우승기록을 가지고 있다. 지금 타이거 우즈가 그 기록을 뛰어넘어 세계의 골퍼들을 흥분시키고 있다.

그러나 잭 니클로즈는 골프채와 볼의 재질이 떨어지는 것들을 사용해서 세운 기록들이기에 더욱 찬사를 받아 마땅하다. 그렇게 대단하던 그도 어쩔 수 없었던지 나이가 들어 50세 이상끼리만 겨루는 챔피언스 투어에서는 젊은 시절에 비해 형편없는 경기를 펼치고 있다.

그 이유는 무엇일까?

아마도 나이 들어 강한 기가 나오지 않는 이유 같다. 기력氣力이 약해지면 정신집중력이 떨어지고 자세도 흔들리게 된다. 그 까닭은 기력이 약해지면서 '항문 조이는 힘'도 약하게 된 때문이다. 역으로 항문 조이는 힘이 약해지면 기력도 유지되지 못한다.

나이가 들은 후 모든 게 정상적인 것 같은데 무언가 이상하고 늙은 티를 낸다면 항문 조이는 힘이 약해진데서 생기는 부작용이라고 보면 된다.

잭 니클로즈의 스코어가 나쁜 것은 항문 조이는 힘이 약해진 때문이다. 항문 조이는 힘을 순수한 우리말로 '뒷심(뒤의 힘)'이라고 한다. 따라서 항문 조이는 힘이 강한 사람을 "뒷심이 세다" 또는 "똥배짱이 세다"고 말한다.

골프처럼 배짱 싸움을 하는 경기도 드물다. 배짱이 세다는 것은 자신감이 충만하다는 뜻과도 같다. 따라서 골퍼가 항문 조이는 힘이 약하면 골프를 자신 있게 칠 수 없게 된다. 미국 골프스쿨에서는 "골프는 기술 10%, 자신감 90%"라고 가르친다. 자신감은 배짱처럼 항문 조이는 힘이 강해야 나온다.

이렇게 유명한 선수도 일찍이 항문의 힘이 빠질진대 하물며 우리는 말할 필요도 없다. 만약 일요일이나 공휴일에 종일 낮잠만 자고 싶고 움직이기 싫다면 분명 항문 조이는 힘이 약해진 것으로 보면 된다. 이런 사람은 평소 자세도 나쁠 것이다. 나쁜 자세가 상습화돼 몸의 기氣 운행이 나빠진 것이다. 우선 자세를 고쳐야 한다.

평소 올바로 서있을 때는 아랫배에 어떤 묵직한 힘을 느껴야 된다. 이 묵직한 느낌은 사람마다 다르겠지만 단전(아랫배)에 기가 모였다는 신호이다. 올바른 자세는 기력氣力, 즉 힘을 길러 준다. 기력이 약한 사람은 아무리 똑바로 서려고 해도 중심이 흩어진다. 항문 조이는 힘이 약하기 때문이다.

올바른 자세에서 항문을 조여 보는 훈련을 하는 것도 좋다. 모든 운동의 기본자세는 항문을 조이고 아랫배에 힘을 넣는 자세에서 시작한다. 단전호흡도 마찬가지다. 만약 집안에서 훈련을 한다면 맥주 깡통이나 테니스공을 양 무릎 사이에 끼우고 찌그러뜨리기를 하면 항문 조이는 힘을 강하게 할 수 있다.

이것을 반복하면 덤으로 정력도 좋아지게 된다. 정력은 항문의 힘에서 나온다. 사람의 생명력은 항문에서 체크할 수 있다. 한 예로 물에 빠진 사람을 건져 낸 후 항문이 아직 닫혀 있으면 살려낼 수 있지만 열려있으면 절대로 살릴 수 없다.

단전호흡을 하면 항문 조이는 힘은 저절로 생긴다. 단전호흡을 배운 사람들은 대머리까지 치료되었다고 고마움을 표시하고 있다. 단전에서 기가 약해지면 머리카락이 빠진다.

성적 흥미 회복방법

40대의 한 남편이 아내한테는 관심도 없이 밤늦게까지 TV에 정신이 팔려 있었다. 아내는 혹시나 하고 속살이 비치는 야한 잠옷을 입고 그 앞을 왔다 갔다 하면서 남편이 발동하는가 동정을 살피고 있었다. 드디어 남편이 한번 힐끗 쳐다보더니 다시 TV에 빠진다.

그러자 아내는 아예 옷을 훌렁 벗은 채 나체로 남편 앞을 왔다 갔다 해 보았다. 그래도 별다른 반응이 없자 아내는 "나 좀 봐요, 어때요?"하고 말했다. 그러자 남편은 아내의 몸을 자세히 바라보더니 "그 잠옷 다리미로 주름 좀 펴서 입어요!"라고 말하고는 다시 TV를 보더라는 것이다.

한창의 나이인데 왜 부인에게 성적관심이 없는 것일까? 이것이 유전적 원인은 아니다. 부부 간의 기가 흡입력이 떨어진 때문이다. 음기陰氣와 양기는 자석의 남극과 북극처럼 서로 당기는 '인력引力'이 매우 강하다. 그러나 오래 지나다보면 음양의 기가 중성화 되고 인력도 약해지게 된다.

이를 음양법칙에 따라 설명하면 남편의 양기와 아내의 음기가 중성화 된 결과라 할 수 있다. 이렇게 되면 자석의 남극과 북극이 중성이 돼 서로 당기는 힘이 없어지게 되는 것과 같이 된다.

남녀가 결혼해서 일찍 성적욕구가 시들기 시작하는 것은 두 사람에게 호르몬이 부족해서가 아니다. 음기와 양기가 중성화되면 부부 중 한 사람 또는 두 사람 다 상대방에 대해 흥미를 느끼지 않게 된다. 즉, 기운이 떨어진 것이다. 이런 남편이 비아그라를 먹는다고 기운이 회복될 것 같은가?

대개의 부부는 처음에는 충분한 사랑이 있었음에도 차츰 성생활을 잘 관리하지 못하다보면 음양의 기가 중성화돼 사랑의 불꽃이 꺼지기 쉽다. 이것은 첫아이를 낳고 나면 무관심으로 변질된다.

기는 통제하면 죽어버리는 속성을 가지고 있다. 기는 자유로울 때 살아난다. 부부 간에 성생활을 통제하면 사랑의 불씨까지 죽는다는 것을 명심하라. 사랑은 상대방을 자신보다 더 자유롭고 더 즐겁게 해주고 싶은 관심이 있는가 여부에 좌우된다.

남편들은 경쟁의 전장처럼 돼버린 직장이란 울타리 속에서 힘의 욕구를 충족시키기 어렵다. 남편은 자유에 대한 욕구를 가정에서 채우려는 심리를 가진다. 아내로부터 따뜻한 말과 사랑스런 애무를 원하지만 아내는 자식들에게만 사랑을 주는 것이 옳은 것으로 착각하고 남편에게 관심을 기울일 생각은 하지 않는다.

오히려 아내는 피곤하다며 남편에게 위로를 받으려 한다. 이처럼 부부 둘 다 힘의 욕구가 강한 성격일 경우 서로 이 욕구를 가정에서 채우려고 들게 되면 가정을 파멸시킬 위험이 있다.

미국의 유명한 여성심리학자인 진 랜드 럼은 여성은 3가지 형태로 인생에서 성공하는 방법이 있다고 말한다. 첫째는 일생을 독신으로 살면서 성공하는 것이고, 둘째는 독신으로 자립 기반을 다진 후 결혼하는 방법이며, 셋째는 처음부터 결혼을 한 가정주부로 사회에서도 성공하는 방법이다. 두 번째 방법을 분석해보면 행복과 성공을 분리해서 조삼모사朝三暮四 식으로 순서를 바꾼 것에 지나지 않음을 알 수 있다.

사람들은 몸속에서 기운이 떨어졌을 때 자신감이 결여돼 누군가에게 의존하고 싶어지게 된다. 그것이 안 될 경우 힘의 욕구가 분출되는데 그것이 폭력으로 나타나기 쉽다.

그렇다고 아예 독신으로 사는 방법은 음양의 기를 전혀 받지 않고 사는 방법이기 때문에 건강과 정신에 문제가 생길 수 있다. 그렇다면 선택은 오직 하나이다. 결혼한 후 서로가 상대방에게 자유를 주고 상대방에게 즐거움을 주는 언덕이 되는 방법이다.

성적으로, 경제적으로, 자녀에서도, 직업에서도 만족한 방법은 음양의 기를 상호 전이하는데서 나온다. 이것이 진정 남편 기살리기 이고 아내 기氣살리기로서 노후에도 행복과 건강을 보장하는 길일 것이다.

기의 실체와 서양의학

서양의학자 가운데 실체가 보이지는 않지만 어떤 '매체媒體'가 사람의 건강을 자율적으로 유지한다고 보는 사람들이 있다. 이들은 매체를 우리 몸에 존재하는 '생체에너지'로 보고 있다.

이 에너지가 뇌에서 각 신경계를 연결하는 매체작용을 한다는 것이다. W. B. 캐논은 우리 몸속에는 항상성恒常性·homeostasis이라는 정교한 조절기전이 있다고 주장한다. 항상성은 자율신경계, 내분비hormone, 면역체계의 3가지 기능이 서로 협동하여 생체내의 균형을 유지케 한다. 이 3가지 기능이 서로 협동하여 항상성을 유지하도록 해주는 매체가 생체에너지인데 이것이 '기'라고 할 수 있다.

항상성은 체온, 맥박, 혈압, 호흡 등을 정상적으로 유지한다. 체온이 떨어지면 소름이 끼치고 몸을 떨게 되는데 항상성을 유지하기 위한 것이다. 그런데 항상성이 하는 작용들을 보면 기의 작용과 같다. 기수련 자는 냉장고에 들어가 있다 해도 체온, 맥박, 혈압, 호흡 등을 정상으로 유지하는데 이는 기의 힘이 항상성을 유지해서 나오는 것이다.

신경발달계가 종합적으로 잘 연결되기 위해서는 항상성이 좋아야 한다. 항상성이 좋으려면 몸속에서 강한 기가 흘러야 하는 것이다. 이는 마치 컴퓨터에 전압이 고른 전기가 흘러야 프로그램이 잘 운용될 수 있는 원리와 같다. 효율적인 신경계를 가지려면 기를 가지면 된다. 원천적으로 고치지 못하는 뇌는 없다. 뇌에 강한 기가 흐르도록 하면 되는 것이다.

뇌에 기가 잘 흐르는 상태를 기분氣分이 좋다고 말한다. 그렇게 하려면 좋아하는 일, 싫어하는 일을 확실히 파악해야 한다. 싫어하는 일을 하면 기운이 약해진다. 대신 좋아하는 일을 하거나 칭찬을 받으면 기분이 좋아져서 뇌의 효율성이 높아지지만, 흉보는 말은 기분을 상하게 해서 뇌의 효율성을 떨어뜨린다.

조선왕조 초기에 유명한 황희 정승의 재미난 일화가 있다. 시골길을 가다 늙은 농부가 소 두 마리를 몰면서 밭을 갈고 있기에, "저 누렁소와 얼룩소 가운데 어느 쪽이 일을 더 잘 합니까?"라고 물었다.

　그러자 농부는 황급히 다가와서 황희 정승의 귀에 입을 대고 "저 누렁소가 힘은 센대 일은 얼룩소가 더 잘합니다."라고 대답했다. "그런가요? 근데 왜 귀에 대고 얘길 하십니까?"하고 물었다. 그러자 농부는 정색을 하고 "말 못하는 짐승이라도 자기를 흉보는 말을 들으면 기분이 좋겠습니까?"라고 말했다고 한다. 기분 나쁜 말은 삼가야 함을 가르쳐 준다.

기운이 약해
생긴 병들

의사도 못 고치는 이상한 병들

하버드 의과대학에서는 지금까지 규명된 인간의 병은 약 2천 5백 가지 되지만 치료법이 개발된 것은 26가지뿐이라고 발표한바 있다. 병들 가운데 거의 전부는 의학적으로 병이 아닌 것이거나 치료방법이 없는 것들이란 얘기다.

지금 많은 사람들이 병원을 전전하면서 병명도 모른 채 고통 속에서 헤매고 있다. 내 경험에 의하면. 이런 병들은 기운이 약해서 생긴 것들이다. 단전호흡을 수련하면 고쳐질 수 있다고 확신한다.

그런 병들을 대략 정리하면 다음과 같이 열거할 수 있다.

건강 염려증

우리나라에만 특별한 것으로 '종합병원 쇼핑환자'라는 게 있다. '병원 의존증'이라고 할까? 바로 내가 대표적이었다. 한 병원을 다니다가 의심하고 다른 병원을 찾는다. 병원 대기실에서는 옆의 환자들과 어느 병원의 어느 의사가 최고인가 대화를 나눈다. 병원보다 무슨 민간요법이 최고이니 한번 해보라고 소개도 받는다.

결국은 전국의 병원과 민간치료소를 모두 돌아다니다 가산을 탕진한 채 진짜 병에 걸렸을 때는 생명을 돌보기도 어렵게 된다. 이 사람은 진짜 병에 걸린 게 아니라 '건강염려증'에 걸린 것이다.

사람한테서 기가 빠지면(보통 기가 막혔다고도 함) 겉으로는 아주 멀쩡한데 매사를 자기 기준으로 의심하고 그에 따라 행동하게 된다. 정신적으로 나타나면 의처증이 되고 육체적으로 나타나면 건강염려증으로 나타난다.

겉으로 보기에는 멀쩡한데도 자기는 암이나 어떤 몹쓸 병에 걸렸다고 확신하고 병원을 전전한다. 병원에서 진찰 결과 암이 아니라고 하면 엉터리 의사라고 매도하고 다른 병원으로 간다. 단전호흡으로 고칠 수 있는 병이다.

반半 건강체

비슷한 부류로 '반 건강체' 환자가 있다. 하루에 한 가지씩 안 아픈 곳이 없다. 공통적인 현상은 하루 종일 피로하다는 것이다. 간밤에 잠을 잘 잤는데도 또 졸린다. 한 예로, 어떤 사람이 위장병으로 고생을 하는데 병원에 가서 진단해보면 아무런 증상도 없다. 그러나 본인은 정말로 위장 때문에 고생을 한다.

간장도 이상하다. 그런데 병원에서는 아무런 진단이 나오지 않는다. 이들은 건강에 좋다는 약을 몇 가지 지니고 다닌다. 이 사람들은 항상 반 건강상태에 있다고 하겠다. 의학적으로 병이란 의사의 진단결과 병이라고 판단돼야 한다. 본인은 아픈데 병이 아니라면 무엇인가?

내 경험에 의하면 기의 순환이 막히면 무기력無氣力하게 되는데 이것이 정신적으로 의심, 걱정, 불안, 공포 등과 육체적으로 피로, 통증, 신경계 이상, 비만, 체중미달, 소화불량, 정력 감퇴, 탈모 등 수많은 증상을 초래한다.

단전호흡으로 고칠 수 있는 병이다.

실수증

현관이나 집 모퉁이를 지날 때 무릎을 자주 부딪쳐서 항상 몇 군데의 멍 자국이 나 있다. 손을 움직이다가 컵을 쳐서 깨뜨리기를 반복한다. 자동차에서 내리다가 머리를 받치고, 무엇을 먹으려다 통째로 옷에 떨어 뜨리는 등 남보다 허둥대고 실수를 많이 한다. 이 증상은 병은 아니다. 마음이 떠있어서 실수를 제어하지 못하는 것일 뿐이다.

우리 몸에는 어딘가에 냉증이 숨어있는 경우가 많다. 그 장소가 어딘지 모른다. 이 냉증이 뇌신경에 영향을 미치는 경우 이러한 실수를 하게 된다. 매 동작마다 뇌에서 내리는 명령을 수행하는데 신경이 타이밍을 한 박자 더디게 전달해서 행동할 때마다 목표물을 약간 틀리게 계산하는 것이다. 심한 경우는 음식을 먹을 때 젓가락을 입 속에 넣고 꺼내는 타이밍이 안 맞아 이가 부러지거나 부서지는 무서운 현상도 벌어진다.

무신경 태만증

무신경 태만증은 남이야 어떻든 말든 세월아 내월아 하면서 무관심하고 하는 일마다 태만하게 한다. 가령 피크닉을 떠나는 경우 남들은 먹을 음식, 간식거리 등을 동분서주하며 준비하는데 갈까 말까 소극적 행동을 취한다. 준비모임 때마다 지각은 당연하다. 안 올 것처럼 하다가 홀연히 출발지에 나온다.

이런 사람들은 자동차운전 중 매우 위험하다. 전방은 대

충 본 채 고개를 돌리고 양 손짓을 하면서 옆 사람과 얘기하기에 여념이 없다. 그러다 방향을 바꿔야겠다고 생각하면 깜빡이도 켜지 않은 채 좌회전 우회전을 해서 뒤차들이 기절초풍을 한다. 뒤차 운전자의 덕택으로 사고는 한 번도 안 난 것은 모른 채 자기가 마치 모범운전사인양 그린면허도 가지고 있다.

만약 고속도로 같은데서 트럭 앞에서 그러다가 온 가족의 목숨이 위태한 증상이다. 이것은 위의 것과 달리 본인은 증상을 잘 모르기 때문에 언젠가 한번 큰 사고를 당할 가능성이 있다. 빨리 고치지 않으면 위험하다.

가장 급한 것은 본인이 자신의 그런 증상을 병으로 알아야 하는 것이다. 그래야 고칠 수 있다. 이들의 공통점은 운동을 싫어하는 것이다. 특히 골프 같은 운동은 못 한다. 골프는 자율적으로 엄격한 규칙을 지켜야하기 때문에 초기에 포기한다. 단전호흡으로 고칠 수 있는 병이다.

도벽盜癖증

서울의 부촌 아파트에 사는 어느 귀부인은 백화점에서 비싼 의상 한 벌을 훔친 것이 직원에게 발각돼 경찰서에 끌려갔다는 신문기사를 읽은 적이 있다. 신용카드가 생긴 후부터는 새로운 형태의 도벽이 유행한다. 능력도 없이 카드로 엄청난 금액의 물건을 구입하고 이를 갚지 못하는 사람이 있다.

이 증상의 특징은 생활이 궁핍해서나 그 물건이 꼭 필요해서 훔친 것도 아니다. 이것은 무심결에 충동적으로 한 행동이기 때문에 병인 것이다. 희한한 것은 본인도 자신이 왜 그랬는지 모르겠다고 넋두리를 하는 것이다.

정신의학적으로 월경 중에 이런 충동이 일어날 수 있다고 한다. 그런데 왜 소수만이 그렇게 하는가? 이들은 기의 순환 장애로 충동적 행동을 한 것이다. 여자인 경우 음기가 강해서 그렇다. 음기는 양기보다 발산하기가 어려워 이런 행동으로 표출한다.

기타 여러 증상들

이밖에도 도박 중독, 비만과 폭식증, 정력 감퇴와 조루증, 건망증과 치매, 사기습성, 환청과 망상 등 다양한 증상들이 있다. 이런 것들도 모두가 기운이 약해서 생긴 것들이다. 단전호흡으로 고칠 수 있는 병들이다.

운동이 기를 만든다

위의 여러 가지 병들은 병이라기보다 기가 막혀서 생긴 증상인 것이다. 내 경험에 의하면, 이런 병들은 호흡을 아랫배가 아닌 횡격막 위에서 쉬는 데서 생긴 것이다. 단전호흡을 하면 당장 낫는 병들이다.

사람의 건강에도 등급이 있다. 우수(A학점), 양호(B학점), 보통(C학점), 불량(F학점)으로 나눌 수 있다. 위의 여러 증상들은 양호(B학점)에 속한다. 왜냐하면 이들은 절대로 무리하지 않기 때문에 쓰러지지는 않는다. 약한 기를 그런대로 잘 관리하면서 조심성 있는 현명한 사람들이므로 B학점을 줘도 무방하다.

이런 사람들에게 재미도 있고 기수련도 되는 골프, 걷기, 노래 부르기, 서예, 등산 등을 하게 한 결과 아주 개선된 것을 보았다. 이런 운동들은 호흡을 아랫배로 내려주기 때문에 막힌 기를 뚫어주고 태어날 때의 혈액순환을 다시 복원시키는 힘을 가지고 있다.

단전호흡이 아니더라도 자기가 쉽게 할 수 있는 것을 선택해서 매일 한 시간 이상씩 하면 몸속의 냉한 부분이 걷혀지게 된다. 냉기가 빠지면 온기가 순환하면서 완전히 정상으로 돌아온다. 이것이 수승화강水昇火降인데, 냉기가 올라가고 온기가 내려가서 머리는 차갑고 발은 따뜻해지게 된다.

한 예로, 주부 가운데 골프를 치면서 그 증세가 없어졌다는 경우가 많다. 골프를 통해 재미도 보고 호흡도 내려간 때문이다. 지역사회나 교회에서 자원봉사생활을 하면서 고쳐진 사람도 많다. 봉사생활을 하면 목표가 생기고 보람을 느끼면서 호흡이 아랫배로 내려간다.

미국국민들의 봉사생활비율은 60%이상이라고 하는데 우리나라는 6%정도라고 한다. 생활이 나아지면서 여가시간이 많아졌다. 이 시간을 보람 있게 활용하지 못하면 정신적으로 나태하게 되고 호흡이 내려가지 않게 된다.

어떤 유명한 신학자가 평생 성경을 연구하면서 죄罪짓지 말라는 말과 죄명은 많은데 죄가 무엇인지는 말씀이 없어서 연구한 결과 두 가지가 죄라는 것을 알아냈다고 한다.

첫째는 '한가한 시간이 너무 많은 것'과 또 한 가지는 '생각한 것을 즉시 실행에 옮기는 것'이라고 한다.

현대인의 건강을 해치는 큰 것 가운데 목표 상실을 들 수 있다. 목표가 없으면 시간 관리를 제대로 할 수가 없게 된다. 이는 죄가 되기 이전에 기의 순환장애를 일으키고 잘 못된 생각을 하게 한다. 항상 즐겁고 감사한 생활을 하면서 자기의 목표를 갖는 것이 중요하다. 막연한 불만은 호흡을 가슴으로 올라오게 하고 건강을 해친다.

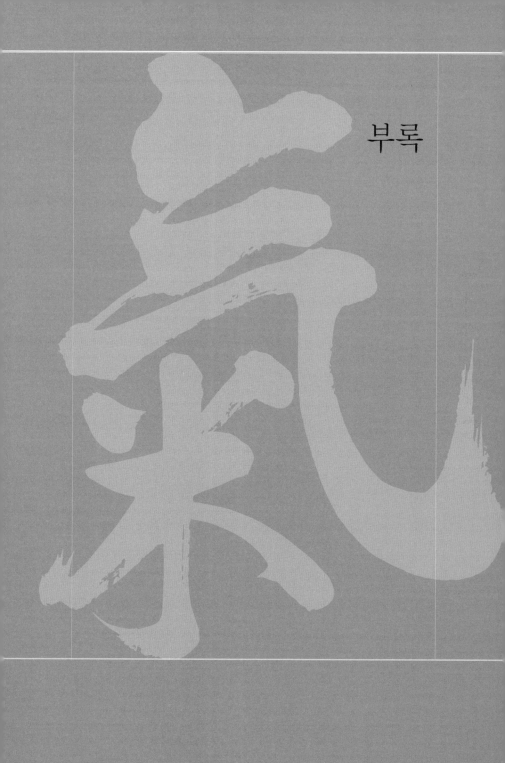

부록

기를 강화하는
인스턴트 기공법

독자들은 더 빨리 기를 쉽게 얻기를 원할 것이다. 도장에 가서 단전호흡을 수련하지 않더라도 사무실이나 거실 등에서 최소한의 효과를 낼 수 있는 기 체조가 있으면 좋겠다는 분들도 있을 것이다.

이런 분들을 위해 과거부터 내려오던 여러 가지 기공법을 실제 행해보고 효과가 좋다고 판단되는 것을 모아 보았다. 언제 어디서라도 쓸 수 있다는 점에서 「인스턴트 기공법」 정도로 불러주면 좋겠다.

① 지활법指活法 : 우리 몸에서 손가락과 손바닥은 매우 중요하다. 그것은 단순한 힘이 아니라 기력氣力을 갖게 해주는 원천이기도 하다. 이는 수지침 효과가 있다.

양손바닥을 앞을 향해 편 채 양팔을 위로 쭉 뻗는다. 팔뚝과 팔꿈치가 수평이 되게 90도로 굽힌다(그림). 즉, 팔꿈치와 팔뚝이 직각이 되도록 한다. 그리고 손바닥을 편 채로 새끼손가락부터 하나씩 구부려서 주먹을 쥔 후 다시 새끼손가락부터 펴서 완전히 손바닥을 편다. 이를 반복하기를 5분간한다. 하루에 여러 번 하면 좋다. 이 운동을 빨리할수록 효과가 좋다.

손가락 운동을 반복한다

② **장활법**掌活法 : 손가락의 힘만큼 중요한 것이 손목과 팔꿈치의
힘이다. 앞에서와 같이 양손바닥을 펴고 양팔을 위로 쭉 뻗는다.
팔뚝과 팔꿈치가 수평이 되게 90도로 굽힌다. 즉, 팔꿈치와 팔뚝
이 직각이 되도록 한다. 지금까지는 위의 ①포즈와 같다. 손바닥
을 접시를 들고 있듯이 하늘을 향해 꺾은 후 손바닥을 좌우로
흔든다. 점점 빨리 흔들어서 손바닥에 무거운 느낌이 들도록 한
다. 5분간 계속한다. 하루에 여러 번 하면 좋다.

손바닥을
좌우로 흔든다.

③ 5분 기氣공법 : 기공이나 무술의 기본이 되는 기마자세로 하체
  강화용의 기공법이다. 척추의 건강은 하체가 튼튼해야 한다. 사
  람이나 동물은 죽을 때가 되면 하체부터 힘이 빠진다고 한다. 하
  체와 아랫배를 강하게 수련할 수 있는 기공법이다.

- 수련자는 양발을 나란히 어깨넓이 보다 약간 넓게 벌리고 양
  쪽무릎을 굽히면서 엉덩이를 낮춘다.
- 이때 엉덩이 높이는 무릎정도까지 낮춘다. 허리는 쭉 편 채
  로 선다.

- 양 무릎은 서로가 당기듯이 안쪽으로 미는데 양 무릎 사이는 주먹정도의 간격을 유지하면 된다.
- 양손은 전면을 향해 쭉 뻗으면서 손바닥은 위 아래로 나란히 하고 앞의 벽을 밀 듯이 한다.
- 이 동작을 5분간 유지하면 몸에 강한 기가 생성된다. 하루에 5분씩 아침저녁 2차례 한다. 만약 5분 동안 지속하기 힘들면 3분정도 해도 좋다.

효과

- 정신적 : 초조, 불안, 근심, 걱정 등의 소심한 마음을 해소하고 평안하고 담대한 마음으로 바꿔준다. 성격도 개조되고 배짱도 두둑해진다.
- 육체적 : 당뇨, 고혈압, 심장병, 위하수, 비만, 치질, 만년피로, 반 건강체 등이 호전된다.

아무튼 모든 문제는 기가 죽는 데서 생긴다. 반대로 모든 문제는 기가 살면 풀린다. 우리 몸도 기를 잘 관리하면 바이러스가 침투하지 못하고 병에 걸리지 않는다. 확신컨대, 코로나19도 기가 강해서 면역력이 높은 사람에게는 악마의 손을 뻗치지 못할 것이라 믿는다.

기는 우리 몸의 면역력을 높여 주는데 실험에 의하면 면역작용을 하는 T임파구의 수를 2.5배나 증가시킨다고 한다.

　　내 경험에 의하면, 이 모든 해답이 단전호흡 속에 있다고 나는 확신한다.

기적의 단전호흡

발행일 초판 1쇄 발행 2021년 2월 8일

지은이 정기인
펴낸이 안병훈
펴낸곳 도서출판 기파랑
등록 2004년 12월 27일 제300-2004-204호
주소 서울시 종로구 대학로8가길 56(동숭동 1-49) 동숭빌딩 301호
전화 02)763-8996 편집부 02)3288-0077 영업마케팅부
팩스 02)763-8936
이메일 info@guiparang.com
홈페이지 www.guiparang.com

ISBN 978-89-6523-596-5 03810